眷恋的人间至情

丁浩 著

民主与建设出版社
·北京·

© 民主与建设出版社，2024

图书在版编目（CIP）数据

我眷恋的人间至情 / 丁浩著 . -- 北京 : 民主与建设出版社, 2024.2
ISBN 978-7-5139-4487-8

Ⅰ.①我… Ⅱ.①丁… Ⅲ.①散文集-中国-当代 Ⅳ.① I267

中国国家版本馆 CIP 数据核字（2024）第 007636 号

我眷恋的人间至情
WO JUANLIAN DE RENJIAN ZHIQING

著　　者	丁　浩
责任编辑	郭丽芳　周　艺
封面设计	仙　境
出版发行	民主与建设出版社有限责任公司
电　　话	（010）59417747　59419778
社　　址	北京市海淀区西三环中路 10 号望海楼 E 座 7 层
邮　　编	100142
印　　刷	玖龙(天津)印刷有限公司
版　　次	2024 年 2 月第 1 版
印　　次	2024 年 4 月第 1 次印刷
开　　本	880mm×1230mm　1/32
印　　张	6
字　　数	113 千字
书　　号	ISBN 978-7-5139-4487-8
定　　价	50.00 元

注：如有印、装质量问题，请与出版社联系。

腔调

太奶,读书少,却能主持一大家子事务。作为大家闺秀的她,虽然很少抛头露面,但是气度和见识是很多男人都比不上的。

重症病房的祖父

有亲人的时候，童年有稚气，青年有脾气，中年有底气。没亲人的时候，童年有志气，青年有骨气，中年有和气，看似一排积极的词，却是另一种悲凉。

父亲二三事

有一句话,叫"男人至死是少年",我看可以加一个前提,"父亲在,男人至死是少年";父亲去,男人一朝变成中年人……

我的画家姐夫

两人在一起,第一种境界是吸引,第二种境界是宽容,第三种境界则是皈依。

忆发小

少时的玩伴,就像少时的衣服,穿不上了……

爱情分子

爱情，是找寻另一个自我，而自我，往往又是别人眼中的恋爱。

落脚的地方

这个时代,讲家,往往是现实主义;讲归宿,往往是浪漫主义。

回到 1997

初恋，居然是很多人一辈子唯一的一次精神出轨。

媳

内人、妻子、媳妇、老婆，这一系列对伴侣的称呼，体现了中国人百年来的性格与精神。但是每当有人说，"这是我媳妇儿"，就有一种亲切感，给人以美好的印象与想象……

我记不住姥姥的样子

春天抻算蒸槐花,夏天驱蚊摇蒲扇,秋天揭竿够杏子,冬天端出冻柿子,北方有一个亲人,叫姥姥;春季上山打油茶,夏季井水捞西瓜,秋季穿林来挖笋,冬季挥刀做腊肉,南方把这个亲人叫外婆。

序

我很荣幸被你看到。

如果你读完这本书而没有收获,那么请在微博搜索栏输入"丁浩",留言给我,我把书费补给你。

如果你被书名吸引,愿意耐心读下去,那么就先从一个跟这本书毫无关联的故事开始吧——一个我听来的故事。

"……部队大院的几个孩子将一条狼狗吊在大院的树上,扒皮扒了一半。下班的大人目睹,顿时就怒不可遏,追着几个孩子暴打。后来听说这条狗曾经打过仗,在边防服役了很多年,是一条战功卓著的老狗。老狗退休以后,饲养狗的老人被调到海军任干事,从内地到了海边。于是,这条狗就没人管了。老狗找不到主人,有一天,一路循着主人的脚印从商场来到了部队大院。看门的战士认识它,就把它放进来了。老狗刚进了小门,就被院子里的孩子们发现了,孩子们开始捉弄它,老狗是绝对不咬人的,它经过训练,与军人一起服役,基本上无论怎么动它,它都不会咬人。这帮小孩儿就把老狗给吊了起来……这条老狗至死没吭一声。没多久,负责照顾狗的人就找来了,抱了一堆军功章,情绪崩溃地扯着嗓子骂:'这是我们的老首长啊!本来是光荣退休了!就让你们给……'于是这帮小孩儿就被家长们毫不留情地打,一直打到晚上才罢休。事情到了这里还没有结束,到了半夜,一个小孩儿溜出来,跑到看门的老头儿那儿,见他在喝酒,煤炉上烧了一个锅,锅里炖了一锅肉……"

这个故事在我脑海中存了很多年,至今忘不了,时常在梦里浮现出老狗死前的眼神……

说点正题吧,我,一个很普通的人,也许跟你一样,有一个严厉的父亲,随着年纪的增长,跟他的交流从害怕、敷衍、客套,直到无话可说;有一个慈祥的母亲,从溺爱我,理解我,唠叨我,迎合我,直到依靠我;也有一个先我看世界的姐姐,我揪过她的辫子,翻过她的书包,偷看过她的日记,她背过我,像母亲一样宠溺我,但比母亲更懂我,她将陪我度过人生后半程,她也教会了我与女孩的相处之道;还有一个沉默寡言的哥哥,他帮我打过架,替我背过"锅",我俩睡过一张床,他是父亲之外,和我关系最亲密的同性。哥哥结婚后,我们之间除了递烟就是沉默,虽然看起来没有那么要好,但就是因为有他在,我这一辈子好像就有了底气,也不再孤单。当然……或许还有一个自私的、可爱的妹妹或者弟弟,他抢过我的零食,说过我的坏话,也为我送过雨伞,我看他哭的时候心里比他还难受,他是第一个我本能想要对他好的人,他在家,家才更像个家,他一笑,家就是最美好的地方。

……

或许我又跟你不一样，因为我生活得十分边缘，常常一闭上眼，那些三十多年来遇见的人，就像看电影里人山人海的场景，一张脸一张脸的，清晰得如从药水中取出的底片一样，晾在眼前。那些城市中的楼宇，四平八稳的，高耸云霄的，蜂窝煤状的，麻将块状的，水晶灯状的，一个一个地夯在视野里。那些咖啡馆的流沙瓶，地铁里的手拉杆，打印机吐出的A4纸，出租车的雾化玻璃，会议室的烟屁股与酒店的红酒摇曳；那些按坏的闹钟，擦亮的皮鞋，涂抹的简历，空掉的药瓶，刷爆的门卡，系住的快餐打包袋，闪灯的公交车；那些大雨敲击的伞叶，烈日烤晒的头发，乌云投射的碎影，雪后踩出的脚印……这些都令我在深夜里惊醒，提醒我自己依然活着。

从前的我，懂得太少，你跟我说，我没听进去，但我向往；现在的我，懂得太多，却不知什么是对的，你跟我说，我不同意，我也不向往。我努力做一个生活的好演员，却发现事与愿违，生活令我变成一个敏感的猎人，猎人不开枪——饿死，开枪——心死。我不反驳——憋出病，反驳——气出病。我做对了，就失去了人心；做错了，人心叵测。我对幸福的定义，就是拒绝一切不喜欢的东西、不喜欢的人、不喜欢的项目、不喜欢的作息、不喜欢的安排、不喜欢的声音……能拒绝多少不喜欢，就代表拥有多少幸福。

……

但是，这本书要写的是什么，写的是亲人，写的是童年，写的是人这一路成长的记忆?

我想,应该写的是家。那么,家又是什么?家就是那几个人,让你知道自己是谁的人。人要是不在了,家就变成了一个伤口,提及"回家"二字,就是往伤口大把大把地撒盐。

写的是故乡,故乡没有什么了不起,但自从懂了"故乡",就觉得自己没什么了不起。一看到故乡,自己就渺小了,是那种安稳的渺小,放松的渺小,像刚破土的树苗一样渺小。看到故乡,我可以像小孩子朝父母跑去一样,奔向它;像小孩子对父母撒娇耍赖一般朝它撒娇。写的是逐渐在人生中掉队的人,掉队的人越多,从前的自己就越少,重要的人走了,形成自己的一部分就丢了,直到所有人走完,那个自己也就不存在了,空有躯壳,找不到继续活下去的动力……

写的应该是生活。生活是什么?生活是某天下午陪你打牌的那些人,有人顶你、有人压你、有人陪你、有人离场、有人补场;我赢了牌,输了人情,输了牌,没人同情;我苦练牌技,后来却发现打牌的人都走光了,如果再有机会的话,抓不抓到一副好牌不重要了,我输得一塌糊涂也没关系,只要你可以坐下来,陪我一直打下去,从下午打到傍晚,从傍晚打到清晨,打一辈子……

然而时光之旅,有去无回,浸透一轮梦想,擦燃一个失望,堆砌一片天真……回忆很美,美化回忆,凡是种种,种种凡事,一切美好都让我想起你……

书里见……

2024年1月1日　天津

目录
Contents

001_ 腔　调

013_ 重症病房的祖父

035_ 父亲二三事

053_ 我的画家姐夫

071_ 忆发小

085_ 爱情分子

097_ 落脚的地方

111_ 回到1997

133_ 媳

143_ 我记不住姥姥的样子

165_ 后　记

腔调

  我没有见过太奶年轻时候的样子,据说那时她很美,但我见过她苍老时的样子,我认为应该比年轻时更美。美的是她的骨气、她的尊严、她的腔调,是她留给后世最好的东西。

太奶这一世应该不怎么记得我，因为在我很小的时候，她就已经老去了。但我们是直系亲人，血缘关系把我们的距离拉得很近。所以我想写点什么，缅怀一下她，凭借我的记忆和别人口述的事迹，来讲述她的一生。

在我的记忆中，第一次磕头是给她，那时我八岁，她将近九十岁，有一些平时积攒的私房钱。她曾时常暗自庆幸自己小时候存下了私房钱，据说那曾救过八个孩子的命。我那时给她磕头，她就给我零花钱。小孩子给太奶磕头这件事我深深地记得是被父母教过的，这是那个年代的传统礼节，也是给下一代传递孝心的一种方式。

太奶是大户人家出身，她心灵手巧，太爷是纨绔子弟，成日游手好闲，家中里里外外都是太奶说了算。我爸说小时候看太奶捧着青铜刺花烟袋锅咕噜咕噜地吸烟，简直像老佛爷，那气势，所见之人都要敬畏三分。于是，孩时的我瞧了就偷着学抽卷烟，被呛得眼泪汪汪。当然吸烟不好，我当时只是好奇，还不知道吸烟有害健康。

太奶活了九十二岁，说来奇怪，她一生中不曾患过重病，在那年月，高龄人并不多。太奶的年龄，使我第一次感叹果真有长寿这一说。奶奶说太奶是地藏菩萨转世，人好。我呢，觉得她特有精神，就像她逢人便说："人活着就得光明磊落，顶天立地。"太爷听到后却不买账，背地里嘀咕她"阴盛阳衰"，太奶一句话怼回去："阴盛阳衰？这叫谁说女子不如男！"

太太爷读过私塾，又懂得操持家业，家有良田百顷，米面成仓，骡马成群，在当地算得上是豪门。太爷含着金钥匙出生，太太爷咽气后，太爷嗜赌成性，半年几乎将整个家业败光，多亏家里有一个贤内助给他上了个"紧箍"。

这个贤内助就是我太奶。

太奶识字不多，却心灵手巧，针线活在她手上那是镂月裁云，能做各式的马褂长衫，而且经她裁剪后的衣服穿上身都很是得体。嫁入丁家后，头几年是贤妻良母，等到第八个孩子出生时，太奶摇身一变成了贤惠版的"慈禧太后"——彻底干涉"内政"了。为什么？这个承享祖上荫德的家出事了。

爷爷十二岁那年，太爷嗜赌成性，成功地将全部家当输掉，还染上了大烟瘾。

那年月，战乱不断，民不聊生。为了养活几个孩子，太奶只好让太爷回娘家取钱——她以前存的私房钱。太爷走之前信誓旦旦，戒烟戒赌，做一个正道人，取了钱换了粮，回来让大儿子读私塾，来年考个状元郎，为丁家光宗耀祖！那时候的太爷可谓是舌灿莲花，以至于太奶很是放心。

太奶出身好，家里有一个妹妹，两人都是父母的掌上明珠，从小养尊处优，没遭过罪，也没接触过外面世界的凶险。太奶对太爷这样的老滑头的话常常信以为真，听完之后只差淌出两行泪——谁没犯过错，知错能改的男人要比一成不变的更令人可敬！

然而，这次太爷载着粮食路过集市时，赌瘾又上来了，想着说不定这一把能翻身，赢回赌输的万贯家财，于是，禁不住诱惑，冲进了赌坊。十赌九输，半个时辰，他就输掉了这次带的全部粮食。虽然这事让他无颜回去面对家人，想要一走了之，但奈何肚子饿得受不了，咬咬牙，只能硬着头皮回家请罪。

太奶没有责骂太爷。她是那种凡事都要从自身找原因的人，认为事已至此，只能怪自己对他太过信任。

前几年，爷爷去世前我拿出相册，见到了太奶中年时的模样，深眼窝、大眼睛、五官疏朗，头戴黑缎镶钻瓜皮帽，看上去很有气质的样子。

爷爷沉思时跟太奶很像，说话的语调也很像。"男孩像母亲，女孩像父亲"，这话看来有几分道理。到了我爸这一代也是如此，爸爸的性格随奶奶，但骨子里还是太爷那一套，养鸟、栽盆景、倒腾古玩字画等，那一身不消停的习性到我这儿就是弹吉他、玩摇滚，性格敏感锋利、理想主义。这都是遗传下来的性格。

太爷输掉了粮食，太奶没责备他，她有她的理解，男人骂是骂不悔改的，得让他打心底触动，才能洗心革面。于是，太奶让太爷回家面谈，还让几个瘦小的孩子给太爷磕头喊爹。这阵势，太爷哪见过，先是害臊，然后着急，最后眼泪珠子汩汩地往下滚。

太爷要剁个大拇指明志，太奶不忍心，就在指背上写了俩字——"借"用！

太奶之前为防意外把私房钱分了两份，没了第一份，就让太爷去取第二份。这次交代得清楚明了，说你再赌就不用回来了，战乱年代，就去为国家效力，做壮丁去打仗吧，这样孩子以后说起来也有个体面的说辞。太爷气得抽了自己一个嘴巴子，借了马车，跑到老丈人家，拿了钱，换了粮，当日折回。

然而再次路经集市，太爷又赌瘾攻心，抬头看了看天，掐指一算，鸿运当头，于是，他干脆一不做二不休，押上所有换回来的粮，想一把定输赢！结果，一把没能定赢，相反，后来连拖运粮食的马车都输掉了。太爷垂头丧气，在街上晃悠到深更半夜，才又厚着脸皮回家请罪。

这次，太奶仍然没骂他一句，但她锁了大门，不准太爷进家。三更半夜，太爷急了要翻墙回家，太奶马上放狗咬人，太爷只好狼狈地逃到平时赌博的伙计的空房过夜。

腔调　005

她的男人去了两次取粮，在回来的路上全部赌光，太奶实在不知道如何去面对父亲，但看着孩子都快饿得丢了性命，只好派当时十二岁的爷爷再去借钱。

那时间，天寒岁暮，连日大雪纷飞，爷爷跟着一个前往县上拉棺材的马车，一路颠簸，终于到了他的外公外婆家，冻得差点送了半条命。爷爷的外公听说事情的前因后果，顿时大发雷霆，但看爷爷的可怜样儿，只好给了钱让爷爷赶紧回家买粮食救济全家。有了这笔钱，全家老少这才勉强度过那个路上有饿殍的要命的寒冬。爷爷也是从那个时候变得成熟的。但凡家里做父亲的顶梁柱不争气，做孩子的身上自然会落下养家的重担。加上好运气和坚韧不拔的性格，后来，爷爷被提拔为村委会一把手，每年参加县人大会议，奖章和奖状工整地挂满整面墙壁，他还多次被县长接见，是子孙后代效仿的榜样。一个人最初的教育，会伴随人的一生，不得不说，爷爷的言传身教给我们子孙后代打下了基础。

再说回到当年，粮食吃完，不能再去娘家借钱度日了，太奶就领着八个孩子去了几里外的马家做长工。那时的马家是远近响当当的大户，据说，明朝某年国舅爷护送弟妹灵柩前往京城，在城门外接受盘查，马家得悉，快马加鞭赶来认亲，国舅爷很感激，却有些怀疑来人的身份，说为了不至于冒名顶替，他给马家领头的人磕八个响头，如果马家的人能承受住不暴毙，八天后，国舅爷自然过来认亲。

八天后,马家的人安然无恙,国舅爷守信过来认亲,他还赐了一对镀金灯笼,从此马家青云直上,一举成了皇亲国戚。一代人换一代人,到了太奶那代人时,马家朝上无人,家道中落,主要靠戏班子来赚钱,但家境仍旧殷实。

太奶是个好裁缝,经手的衣服穿出去,人也显得大方得体,马家对太奶很赏识;太奶的几个孩子也知书达理,干活好,懂礼貌。马家上下很满意,想留他们长期做工。太奶干了两年,礼貌地谢绝好意,带着八个孩子回家创业。

太奶说祖上做过织布生意,又有销路,就拿钱买了几台织布机,夜里带着几个姑奶奶织布,白天让我爷爷去卖。爷爷聪明,口齿又伶俐,很讨人欢喜,布匹销量好……几年光景,家境开始复苏。后来爷爷每次提起这段经历时都会说,自己一身本领,都是在那时候跟人还价磨炼出来的。嘴皮子能决定一个人走多高,眼皮子能决定一个人走多远。可见当年爷爷的成功也有被逼无奈的成分。

爷爷十八岁时,太奶把家里太爷当年输掉的田地和马车全部买了回来,在当地又成了大户。现在想想,我们家的人都热衷创业这件事,是从太奶身上遗传下来的。只是爸爸年轻时经营的磨料生意大概是时运不济,后来并未取得成功,但却让我明白,人活一辈子得做自己得意而喜欢的事情。我爸常就学识这方面夸我。我反驳说，我比不上太奶，人家那是实业，我只不过是一个写字的，够得上爱好够不上成功，非要和创业沾上边说，那就是自由不拘束，好与坏都得自己承担，也没什么好遗憾的。

家业振兴后，太爷也戒了赌，转而玩古董、酿酒，以及兴头上会组班子在村头大柳树下唱戏。他是个不错的红脸，那铿锵有力的戏腔，是他的招牌。用我太奶的话说，太爷这一辈子除了"擅长"输钱，就会这个，搁现在不亚于那些文艺界的老生。但爸爸则一口咬定太爷真正拿手的是酿酒。太爷不喜欢喝市面上的酒，喜欢自己研究秘方，头年酿造，来年三月掀盖品尝时，香味能远飘十里，醉倒春风。除了酿酒，太爷手上的玉石古玩不少，他爱这个，也影响了孙子，我爸年轻时就受他影响，玉石扳指不离手，这些年更是对古玩沉迷不能自拔。我爸最遗憾的一件宝物，据说是太爷爷的玉石小狼狗，那东西成于明朝，上等货，在太爷去世后，太奶执意让此物跟着太爷下葬。出殡那天，爸爸一边抹眼泪，一边眼巴巴地望着宝贝随着太爷一起入土，从此深埋地下。那时候的父亲，用他的话说，恨不得冲上去将宝物取回。由此可见，他对古玩的痴迷程度之深。

而太奶的理由听起来很简单，不管这东西的价值，只说他生前爱这个，走了以后，让他带上吧。言语间，透着对太爷的不舍之情，毕竟几十年的夫妻，赌博输了家产没关系，一个人独自上路才是真自私……

现在来看，太奶还是爱太爷的，只是似乎太爷一辈子没给她机会表达。

家境殷实后，爷爷读了私塾，太奶对长子要求严格，不准逃学、不准抽烟、不准与和赌博有关的一切有染。从小就教导他不要学他老子，一生要光明磊落，顶天立地。爷爷很争气，读书第三年就被当地村委会选拔出来做了村秘书长，之后成了村委书记，一生清廉，去世后被方圆几十里的人追悼，缅怀。

年少时，总觉得爷爷一生太过节俭，连麻将牌的码数都不识得，听起来或许有些过于谨慎了，但这些年我明白了，钱总会花完的，可是本领会跟随人一辈子，精神会传承一代又一代，太奶给了爷爷精神，爷爷给了爸爸……我能想象到未来家里的孩子接力似的继续继承下去。所谓遗产，有时是无形的。

爷爷是二十岁恋爱的，是自由恋爱，恋爱对象还是同村的姑娘，也就是后来我的奶奶。

太奶是传统的女人，管得住爷爷不赌，不厮混，不做非法勾当，却没想到青春期的爷爷恋爱了，而且爱得很深，非奶奶不娶。奶奶家和爷爷家同村，两家人抬头不见低头见。奶奶家境不错，太姥爷听说家里姑娘有了心上人，还是当地有名的才子，就没反对，只提了一个条件，那就是他们没儿子，让孩子来他们家完婚。他们家有宅子，有良田，有白馍馍和大米饭，养得起这一个快婿。可是这样的要求，有做上门女婿的嫌疑，于是就有人出来反对，这个人不是太奶，而是太爷，他不同意长子委身于别人家，认为有辱祖宗脸面，于是闹了很久，最终被太奶"镇压"下来。

太奶让爷爷跟奶奶完了婚，还让爷爷去了太姥爷家，完全成了开明的家长。这让当时以她为傲的太爷十分不满，背地里说她是家族的耻辱。太奶就问他，咱家富吗？太爷说富。咱家是阴盛还是阳盛？太爷说阴盛。那她家富吗？太爷说富。太奶继续问，那孩子跟她在一起是阳盛还是阴盛？太爷说阴盛。那她家富还是咱家富？太爷说她家富。说完这话，太爷知道被太奶彻底地绕进去了，回头一想，却也深以为然。

但这件事后来用我爸的话说是太爷心里有怨气，以至于还影响了我爸爸。每当我交了一个女友，爸爸就问，那你们结婚不会她们家说了算吧？很长一段时间，我也受爸爸这一思想影响，虽然知道婚姻是自由的，但父母之命媒妁之言，也是避不了的。因为要成就一段恋爱，除了要看俩人有没有缘分，还要讲究门当户对。

爸爸告诉我说，太奶除了聪明，还有点好面子。

当年借粮让太奶在父母跟前丢了脸面，织布发家让她扬眉吐气，逢年过节，她会带着爷爷，赶着马车，拉上半车的礼品，雄赳赳气昂昂地出发走亲戚。爷爷学会了赶马，四匹马皮色相同，个头相同，一看就是那种精挑细选出来的，跑起来的气势像现在马力很大的名贵跑车。

不仅如此，但凡每次回娘家，太奶都要换马匹驾车，黑白红灰马交替使用，那豪气阔绰的样子，一时间被太奶娘家那边的人啧啧称赞。但太奶为人真诚、坦率，有人嫉妒她，说她太目中无人，她就毫不怯场地怼回去："我光明磊落，顶天立地，一碗米一碗饭都是血汗换来的，甭管啥时候，都能挺起腰杆！何来目中无人？"

其实，挺不起腰杆的是我太爷。家业殷实后，太爷又有了赌博的念头，大概尝尽了太奶给的苦头，他不敢正大光明地赌，就跟狐朋狗友私底下赌，但没有不透风的墙，太奶的眼线多，抓了线索，泰然自若地去抓现行。推开门，堵住屋里的人，一不打二不骂，笑着抽口烟袋，语气平和地说了几句话转身就走。

从那以后，太爷不敢再偷摸赌博，用我爸的话说，他被抓住了把柄。太爷爱酿酒，太奶抓住了他的死穴，将他酿的酒倒了。这下可好，太爷得不偿失，从此戒赌。一个赌徒摇身一变成了归园田居的隐士。

多年后，我问爸爸，当年太奶对太爷说的那句话是什么？爸爸说太奶的大意是，你赌了半辈子没关系，输掉了钱也没关系，可是孩子大了，会模仿了，你不想以后孩子继承这个，再遗传给下一代吧？

太爷似乎被这句话给制住了。虎毒不食子，太爷人虽然荒唐，但心地善良，对几个孩子还是十分宠爱的，到了老年，看到了麻将摊也会走开。这给爷爷留下了好传统，他不仅不沾赌，而

腔调　011

且当他经过赌桌时，赌徒都会知趣地拂袖走人。

太奶去世前，已经没有自理的能力，脑子也糊涂了，偶尔能分得清人，她受到了爷爷很好的照顾。爷爷是个孝子。对于孝敬父母这件事是一半是先天，一半是后天。有人生下来和父母亲密无间，有人就不是。也有那种小时乖，听父母话，但成家立业后对父母不好的。也有人生下来就跟父母对着干，骨子里倔强凶狠，长大后才知道父母恩重，对父母好的。

我小时候经常见爷爷一手捧碗，一手拿着勺子给太奶喂饭，有时搀扶着太奶去散步。快九十岁的太奶神采奕奕，她年轻时干净体面，年老时幸运地被爷爷细心呵护，算得上有福气的人。

太奶去世那年，我读初一。下葬那一天下午我被家人通知回家参加葬礼，在太奶的葬礼上，很遗憾，我没有看到她的名字，挽联上写着丁孙氏驾鹤西行，才明白那个年代的女人是没有名字可言的。但我要怎么样给别人介绍她呢？或许只有那句话——光明磊落，顶天立地，这是她做人的腔调。

太奶，这句话我记住了，有机会的话，我想要再给您磕头，请您再给我一些零花钱，我不用它买零食买玩具，我只想买您那微微一笑——气盖山河！

重症病房的祖父

　　小时候，祖父是一堵墙，总是阻止我们逃学，打架，惹是生非；长大后，祖父也是一堵墙，他挡住墙那边的死的惊涛骇浪，让我在墙这边感受生的涓涓溪水。祖父走了，那堵墙没了，那些童年存在过的证据不存在了，我努力去拼凑、去粘贴，但它们早已面目全非，不知何时已从彩色褪为黑白。

父亲在土锅前的地板上，撒了一层薄薄的烟灰，小心地摊平，他说："第二天就知道你爷爷来生做什么了。"

在这个民间称为"投灶"的仪式举行前的三个月，爷爷骑电动车做麦秸防火盘查，回来的路上，为了躲避一辆皮卡，电动车前轮打滑，他没控制住车身，连人带车栽倒在一米多深的土沟里。当时身边没人，他在沟内坐了很久，仿佛睡了个夏天那种半睡半醒的觉，才吃力地扶起电动车蹒跚着往家走。

后来他说那一次摔倒，跟从前不一样，好像身体里绷了一辈子的某根弦冷不丁地断了，但除了身上有点淤青，实在找不出他伤在哪里。但我相信他，很多老人都是这样，平时身体倍儿棒，开玩笑似的摔了一次跤后，身体就再也没以前好了。爷爷也没能例外。

然而爷爷打小坚强，认准是"老对头"糖尿病犯了，就去县医院看病检查。医生让他住院，说花点钱，好得快。爷爷听从了，住院医治糖尿病，恢复到以前的状态了，回来吃饭却落下个毛病——呛食。奶奶说又不是小时候饥荒吃不上饭那会儿，怎么会呛食？爷爷认为是最近在外面的馆子吃东西吃坏了胃。可是不对，细嚼慢咽也不成，一次比一次呛得厉害，最后连喝口水都吐得跟没有节制的街头醉汉似的，这还了得？懂点医学常识的都明白，这一定是呼吸道器官出了问题。

父亲找了一辆车，送爷爷去了郑州的医院。挂了号，做了胸透，第二天父亲"兴高采烈"地跟爷爷说没事，是糖尿病引起的声带发炎，输上几天液，基本就能回家了。爷爷信了，吃了顿正宗的羊肉烩面，还将几天落下的工作计划抄在手纸上，叠好放进油亮的老式皮包里，想着过几天就能回去继续为人民服务了，眼睛里都是对美好生活的向往。

然而，父亲刚走出病房就哭了。只是眼泪没流出来又憋回去了，他怕眼圈发红被爷爷看出来。他记得清楚，那天是阴历四月二十五，医生给爷爷的透视片做了病理分析，鳞形肺部肿瘤，大面积扩散，按照以往的经验，患者看着身体好，心态也好，但很少有活过半年的。父亲愣在那儿，久久出神，像得了幻听。医生简明扼要，这已经不是国内的难题了，换句话说，这不是难题，这是答案。

父亲给家里打电话告知了爷爷的病情，消息来得如此突然，让每个人都猝不及防。然而，所有人还没时间去悲伤，马上就要化身为演技精湛的演员配合演出，医生的话无时无刻不在提醒着每个人，要调动病人的求生情绪，多传递正能量，唤起他身体里可以制造奇迹的潜能。可这奇迹到底是什么，存在与否，没人知道，因为当天晚上，灰暗狭长的走廊里传来一声凄厉的哭声。那让人毛骨悚然的一声"妈"，彻底揭开了这段无比煎熬日子的开篇。

"要不要手术？"

大家一致点头。

"要手术，无论花多少钱？"

大家又一致点头。

父亲点着烟思忖片刻说："如果手术有风险呢？"大家沉默了。"如果花光了所有的钱，换来的不过是他更加痛苦地离去呢？"大家仍旧沉默。这似乎是一道根本无法展开解答的病题，孝心大于理性，理性大于科学，也许本就无关旁人的抉择，疾病早已经规定了游戏规则。就像医生说的，等待疾病缓缓吞噬身体也许还有个过程，但直接消灭疾病的最大可能就是鱼死网破，所以，手术的风险很大。

他的话很好理解，那就是不能做手术。但大家肯定不能信他一人之言，于是一致决定让大叔携带病历单连夜去北京，到301医院做最后的鉴定。那是一个燥热的上午，我接到大叔的电话，在北京南站与他见面，才半年没见，他比印象中苍老了许多，在人潮汹涌的天桥上，我远远地望着伫立在桥栏一旁佝偻着身子的中年人，无法准确地认出他。

大叔还是一样的沉默寡言,只是不甘心接受结果,炎热的夏天,我们托大婶家的一个外甥打点关系,几乎跑遍了整个301医院的会诊室,见了专家就给片子看,然后一个劲儿地问能否做手术。开始那种随时想要抓住惊喜的念头悬在心头,越往后越沮丧,最后失望变绝望。跑了一下午,整个医院的楼层都访遍,我们才不得不接受这个残酷的事实——不管什么手术,糜烂的肺叶都不可能恢复。爷爷已经七十七岁了,从身体的免疫能力和疾病的发展看,无疑是跟死神拼气力,而且在第一回合就失败了。

那个灰色的午后,阳光透过梧桐树在地上留下支离破碎的斑驳,大叔和我在301医院的院子里蹲着沉默,一根接一根地抽烟。我不知道该怎么跟大叔开口,他大概和我一样,我们内心都有一个坚定的念头:不到最后一刻绝不放弃。我送大叔去火车站,在检票之前,他跟我说了一句话,那句话令我刻骨铭心——"别担心,我们会竭尽全力的,你有时间就回家看看爷爷!"说完,他眼圈一红,转身头也不回地走进了候车室。他走得急,所以,我不知道他哭了没有。

重症患者住在医院的顶楼,白色的墙壁,白色的灯管,白色的床单,很少有其他颜色,如同白雪掩盖大地一样,在医院的白色下,绝症的秘密被遮掩得结结实实。爷爷每天开心地与家人聊天,收到放疗的信号会第一时间赶过去配合治疗。黑色的笔液在他胸口涂抹一个又一个环状,圈住病灶的位置,光学仪器发出的高能射线透过他的肌肤,"刺入"他的肉体,尽可能杀死那些有嫌疑的细胞。我不知道那是怎样一种痛,父亲说大概会是火焰舔舐手指两倍的痛值,至今我都难以想象那种痛,可在爷爷这里他竟是没有叫一声疼,这是如何做到的!

那一刻,他在想什么?是在想办公室里标注着详细日期的要批改的文件,还是不放心摔掉了后视镜的像白龙马对唐僧一样有重要意义的电动车?他就是这样,事无巨细,凡事都要了然于胸。只是这一次不同,从进入这个医院的那一天起,自己对身体的所有权就已经全部交给了医生。他的心里不过是倔强着不肯承认未来终要面对病魔对他疯狂肆虐的事实而已,但该来的一样也不会少。

爷爷从开始到最后,说是抵抗,不如说是乐观。

跟爷爷一样积极的,还有同病房的来自河南信阳的老关。老关所患并非绝症,而是胃癌中期,经过长达三年的治疗,再有半月就能出院。老关喜欢跟爷爷聊天,说他年轻时风流倜傥,才华横溢,写的诗能迷倒半个连。我爷爷提到我也写字,还出书,有一批读者,老关听了很兴奋,要了我的电话,说有机会跟我探讨。除此之外,老关还是地道的越调迷,胃病折磨得他又白又瘦,换上戏服,抹上胭脂,就是瘦身版的诸葛亮。就是这样一个人,成了爷爷那些天消解苦闷的朋友。

每天晚上10点左右,医院重症楼层的喧嚣暂时告一段落,这个时候就是病人家属犯难的时候。所有的病人家属都不准睡在病房里,一来是病房紧张、不卫生,疾病传染起来不得了,再者是这一层楼的病人都非同小可,每人身负一颗"定时炸弹",所有意外的发生都会导致不可想象的后果。所以,护士查完病房,家属们就被赶了出去。但这并不代表就此开睡,护士晚上还要检查病人的状况,随时做好呼叫医生和通知家属的准备。为免意外,家属的睡眠都很浅。

那个夏天,多亏医院那条狭长的走廊,容纳了很多家属睡在两边的大理石地板上。那些脸上写着担心的人,白天照顾病人心力交瘁,这时终于可以暂时休息一会儿。父亲也睡在医院的走廊,夜深人静的时候,他会跟大叔换班去守着爷爷。但就是这样的生活,马上也成了奢求。医院下达了通知,要赶走走廊所有的家属,原因很简单,会扰乱医院的正常治安和破坏卫生环境。最终,那些家属被迫选择睡在医院大楼外面的露天水泥地上。

大家累了一天,躺在地上,望着满天星斗,心中都十分清楚——更严峻的生活永远在第二天。

父亲清楚地记得那天,大叔打来电话,声音发颤,说赶快来病房,出事了。父亲一把扯掉身上的被子,在医院人群的缝隙中穿行,神色仓皇地往楼上冲。最终,他和大叔被堵在爷爷手术室的门口。医生在手术室做心脏复苏抢救,大叔紧张得说不了话,全身发抖,父亲紧紧地握住拳头,手心冒着虚汗,眼皮突突直跳。那一刻,他们就像是被定住了似的,一动不动。

时间漫长得像过去了一个世纪,终于,手术室的门开了,医生推出来一个人,白色布盖住了身体。父亲脑袋嗡的一声炸开了,一下子冲到轮车跟前,医生却将他阻挡到一边,问他:"是关敬业的家人吗?过来签字,病人胃癌导致呼吸衰竭,卒于2013年5月5日。"

父亲如梦初醒,全身散了架似的靠在墙上,调整好呼吸,重重地舒了一口气,随后从走廊另一侧冲过来一个人,抱住轮车上的人,哭得声嘶力竭,这人是老关的儿子。父亲不忍直视,马上跑进病房看爷爷,此时的爷爷正在输液,他大概不知道周围发生了什么,睡得像个孩子。父亲转头去看老关的病床,白色的床单上安放着那套叠得整整齐齐的新戏服,犹如雪地里绽放出一簇花。这原本是老关为后天出院在小区广场唱上一段《诸葛亮吊孝》准备的,当时还埋怨儿子买的戏服太肥大要调换,这下再也用不着了。假如来世有机会,他可以亲自挑选……

第二天,爷爷觉察出异样,有心人一眼就能看出,毕竟那么一个大活人不在了。去哪儿了?爷爷自然地问起了老关。父亲撒谎说老关已经出院了,说等爷爷痊愈邀请他去听戏。爷爷愣了一下,眼睛里闪过一丝怀疑,接着他叹了口气,自言自语地说:"这个老关,太没有义气了,走之前连个道别都没有,还说要送我他唱戏的录像带,看来是个小气鬼……"父亲没有接话,他很想说昨天凌晨老关的儿子曾过来取东西,在枕头底下发现了那盘录像带,然后当作遗物带走了。

老关走后,爷爷的情绪受到了影响,连续的放疗榨干了他的精气神,他的病情也越发严重,他不相信自己不能独自上厕所,就扶着墙努力地往外挪动。父亲打饭回来,上前搀扶爷爷,他像一只突然暴怒的狮子,一把推开父亲,骂了一句:"滚,老子不用你可怜!"然后脸色发黑地继续扶着墙壁挣扎着往前。最终,他脚下不稳,滑倒,摔在地上。父亲急得快哭了,冲过去搀扶他。他脸上的肌肉抽搐着,眼珠子通红,满头大汗,可他依然用力推开父亲,咬着牙努力地往门口爬。

一次……两次……三次……

他一定觉得自己还是原来的样子,他不需要人同情,凭什么身体犯了一点儿小毛病就这样狼狈,没理由起不来,可他最终还是失败了。他筋疲力尽,趴在那里,像是一个身上布满枪孔的战士,在血泊里渴望不远处的光明,终于没能再爬出那个大门半步。

父亲跪在地上将爷爷搀起,他不敢再看爷爷的眼睛,害怕自己会哭出来,但还是在两人眼神交汇的一刹那,他发现了爷爷的眼神变了,那是一种从来没在爷爷眼中出现过的眼神,脆弱而空洞,就像之前爷爷摔倒的那次。父亲不敢再往下想。

后来,父亲跟我说,那一天他永远忘不了,他换位思考,如果自己是爷爷,感受着他在地上挣扎蠕动的狼狈与不堪,是无论如何也接受不了那种尊严掉在地上的模样。但,毫无疑问,我们都会有那么一天,或许到那时候才会明白所有人生大事都抵不过生死,才会知道细心照顾一个病人有多难,除了身体上的透支,内心也是煎熬无比。父亲担心等到某一天,我和我的伴侣面临四个老人的暮年,该如何应对这些问题?这些问题的解答怎样才算得上是尽孝?这个孝心要做到哪一步才算合格?这是一道谁都无法正确填写、满意交卷的人生难题。更何况,在选择的同时,上天会告诉你,有些狼狈与痛苦你有机会品尝,有些压根不会给你机会。

又过了几天,爷爷因肺部感染而声带发炎,吃不下干饭,只能靠流食和营养针维持体力,再加上一些药物对身体的影响,导致他出现大小便失禁的问题。残酷的时刻还是来了,我们知道,这种残酷不仅是对家人,更是对他自己。

有一次,家人来看他,父亲扶着他站起来去厕所,刚离开床铺,尿液就顺着他的裤腿流到了脚上。爷爷一生爱干净,要面子,自尊心强,他受不了这样不争气的身体,觉得在家人面前丢尽了脸面,一脚将旁边的垃圾桶踢翻,脸色变得难看至极。他垂着头大口大口地喘气,像一个负气的孩子,站在那里很久没动,完全接受不了病魔对他这样毫无底线地侮辱。遇到这种情形,大家都背过身去,怕哭出来令他更难过。

父亲马上扶着他去卫生间处理，嘴上说没关系，打趣说自己前几天喝醉还尿床来着呢，尽力地缓和气氛，那个笑分明是挤出来的。父亲心知肚明，这样的场景不会只有这一次，可能以后会经常发生。

这次过后，大概意识到父亲的不容易，或许潜意识中明白这种病对他的终极意义，爷爷基本上放弃了独自行动的尝试，经常坐在床上望着天花板发呆一整天，有时会两只手捧着手机笨拙地操作，盯着手机上的画面出神，似乎里面藏着他想要的答案。那台手机他从来不允许任何人触碰，那是他的安全感，是他生命受到威胁时唯一的救兵。可父亲却觉得那是他四十年优秀党员荣誉里不可或缺的一部分，像一枚机器上坚韧不拔的螺丝钉。那么多年，他工作一丝不苟，不能在身体抱恙的时候晚节不保。只是他从来没有想过，无论他怎么样，集体都不会因为他受到影响。对于时代，他"被"落伍。

爷爷终于被父亲说服坐轮椅是五月的第十天。

以前都是父亲搀扶爷爷去做放疗，精神好时他会尝试自己扶墙走，尽管艰难，但那可以让他感觉到大脑对腿脚的掌控，这是他唯一觉得没有失去自我的地方。但眼下疾病击溃了大脑，连这最基本的能力都给他剥夺了，他显得十分沮丧而颓唐。老关走后，病房又来了个三十多岁的男人，瘦高个子，五官棱角分明，很严肃，他不是那种个性张扬的人，躺在床上跟人说话时，有一种不知道自己是谁的失落感。照看他的人是他的大哥，一样的沉默，眼神空洞。哥俩交流不多，但从大哥的细微照顾中可以看得出兄弟俩感情很深，是那种用实际行动来表达的手足之情。

爷爷有时会跟新来者聊几句，一来二去，知道了他的名字叫赵义民，就喊他小赵。小赵说话时汹涌澎湃，他爱打电话，嗓门很大，每次刚说几句就会破口大骂，好像受了很大的委屈，放下电话，又会垂头丧气，一言不发，就像是丢了魂儿。

父亲隐约觉得电话那头应该是小赵的老婆，所以一边觉得小赵有失男人的风度，一边揣测是什么样的矛盾会让这个女人在老公病入膏肓时拒不现身。小赵每天打电话的噪声多次吵醒熟睡的爷爷，这让父亲对他成见很深。小赵应该不知道，病人家属的脑袋上顶着雷，不能触碰，好几次父亲都想大发雷霆，"一个大男人天天跟女人一般见识，丢不丢人"，然后再把他给轰出去，给他点颜色看看，最终都被爷爷阻拦了。

爷爷对他有好感，打心底觉得小赵是个不错的孩子，认为小赵大概有那种常见的夫妻感情不和的家庭问题。但父亲认为，爷爷这样想一定有别的原因。从走进医院那天起，爷爷就彻底与外面的世界隔绝了，医院里他遇到的每个人或许都是他生命中遇到的最后一个人，所以他倍加珍惜。病魔就像敌人的炮弹，病房是炮弹轰炸的阵地，每一次炮弹掠过，战友就会减少一个。在某种程度上，他把小赵当成了老关，重新确认了他的新战友，而我们家属无论怎样介入，都不过是这场战争的旁观者，只有他们躺在一个战壕,面对同样的枪林弹雨,才能感同身受。这一点,作为病人,爷爷也不例外,是悲观而脆弱的。

但父亲还是以第一印象定义了这个后来者,他想要找机会和小赵聊聊,可能的话,作为过来人,帮助小赵解答一些生活上的困惑,但他没来得及。一天下午,父亲和大叔被医生叫到了办公室。在那里,医生对爷爷近期的病况做了具体的报告,还说了很多专业术语。父亲心里七上八下,听不懂医生所表达的真正意思,让他简单明了地说。医生就说爷爷的病从临床上来看已经稳定了,他说的稳定并不是康复的意思,是没可能再往前一步了,再耗下去也不会有什么不同。医生的话让父亲心里异常发毛。

"对于目前的状况,建议回家治疗,药物不复杂,当地都有。"医生看父亲不愿意明白,又说,"作为医生,除了物理上的治疗,从人道上讲,希望病人走前的遗憾越少越好,希望你能够理解。"

父亲没再说什么,这是预料中的。

当他垂头丧气地起身时,医生再次叫住了他:"尽量保持信心满满。对老人来说,你们是精神支柱,内心动摇会加剧病情的恶化。切记!"

父亲点了点头,突然感觉眼前一黑,有种不分东西南北的茫然无措;大叔眼眶红红地签了字,扶着父亲往外走。父亲想转身再追问医生一些什么,然而事已至此,一切都没有了意义,生与死在此刻变得如此明了,答案给得如此冷酷直接,没人有机会再做反抗。

从郑州回鹿邑的那天,爷爷心事重重,他想跟小赵道别,想着留个电话以后相约去小赵的家乡看牡丹花,可他终究没能见到小赵。小赵是洛阳的,谈话间讲到每年的花卉节时,总是眼睛泛光。爷爷坐上姐夫安排的车子,心里还是不踏实,闹着要父亲回去要小赵的电话。父亲差点发火,但还是忍住了,因为他听懂了爷爷命令的口气中有一丝无奈和乞求,这是他从来不曾听到过的。爷爷的突然脆弱让父亲感到深深的悲戚。

最终,父亲没能要到小赵的号码,也没见到小赵的人,而是在病房的门口遇见了那个熟悉的医生。父亲问他赵义民去哪儿了,医生用那种异常冷静的口吻说,昨晚走了!父亲脑袋一阵发蒙,伫立在那里,久久回不过神来。隔壁病房的家属在一旁感慨:"可惜了,那么年轻!老婆昨晚生孩子,他心脏病复发了。可怜孩子生出来就没了爹,真是作孽啊!"

父亲像做了一场要命的噩梦,马上飞一般地逃离了医院。他没有立即上车,而是在口袋里摸出一片面纸,用笔在纸上胡乱写了一个号码。他心知肚明,现实太残酷,爷爷不一定能够接受,他要把这个真相藏起来,给爷爷呈现人世间的美好结局。

回到县人民医院,姐夫托一个朋友的关系,给爷爷分配了一间独立的病房,从大房间搬到小房间,父亲和大叔可以陪床,结束了睡冰凉地板、看满天星斗的生活,也算暂时松了口气。父亲从爷爷住院那天起,就没有睡过一次囫囵觉,但他从来没觉得精神衰弱,他就像一个二十四小时待命的战士,不给敌人任何钻空子的机会。他明白,哪怕千疮百孔也比取消战士资格要好上一百倍。

刚回到家时爷爷精神比之前了好很多,脸上恢复了一些原有的光泽,一大家子人每天轮流来看望他,和他交流,那种温乎劲儿,病人贪婪地享受着,没够。而且父亲还注意到,爷爷除了在家人的呵护下配合治疗外,也在打起精神,他在等待某个重要的时刻。

爷爷在县医院住院的第一周,乡党委书记就带领导班子过来看过他了。那天,父亲注意到,爷爷为了体面和礼貌,强烈要求换掉了病服,穿上他平时出席重要场合的白衬衫和别着钢笔的中山装,还有擦得锃亮的皮鞋。但遗憾的是,他不可能站起来谈话了,只能勉强靠在病床上,强打精神与别人交谈。别人说话时,他反应迟钝,常常回复不及时,很多时候只是重复一下别人说的。不过他一直没忘一件事,那就是一定不能小便失禁,那样的话,他就永远不会原谅自己了。为此,他那一天尽量不喝水,尽管医生已经嘱咐,每天喝定量的水是绝对不能少的。事实上,他所有的衣服都是父亲帮他穿上的,他连将衣领拉好的力气都没了。就这样,在尊严与病魔之间,爷爷做了最后的挣扎,一心想要找回前半生那个意气风发的自己。

爷爷期盼的人来了,乡长来看他,说他精神好,他点头;乡长说让他保重好身体,出院再做五年书记,他点头;乡长让他批阅近期的工作事项,他难住了,但他仍不死心,使尽全力握住那支钢笔,倔强地在纸上写下"工作报告"四个字。可他刚写完四个字,手突然像触了电,钢笔坠落下来,家人提醒他可以让别人代笔,因为目前来看,他没能力再跟汉字打交道了。但他不死心,额头渗着汗,脸上的肌肉紧绷,执意要写,最终还是失败了,钢笔再次坠落地上,溅出墨水。于是,他不得不接受只能口述的事实,由父亲来执笔,一丝不苟地将工作计划做了最后的交代。

那次之后,爷爷的精神越发不济,或许是因为人生第一次无法完成工作而产生惶恐,他的身体像瘪掉了的气球,没几天就瘦得脱了相,完全变成了另外一个人。换句话说,他被病魔夺走了精神。

为了燃起他活下去的信心,一家人决定聚齐给他办个小宴会,正巧赶上农历六月初六,奶奶的生日也在这一天。去年的这天,爷爷家宽敞的院子里还摆着流水席,热闹非凡,亲戚邻居都过来祝贺。而他们老两口忙前忙后,身体康健得很,完全想象不到一年之后,爷爷会躺在医院里,身体被病痛折磨。去年那样热闹的生日场景,今年是完全不可能出现了,这个生日最多只能在医院过了。

生日宴果然是在爷爷的病房办的,父亲张罗买菜买酒。酒是爷爷执意要求准备的,说他一生爱喝酒,现在不能喝了,看着我们喝也开心。喝酒的人都这样,口口声声地说戒酒,临了又戒不了,酒早已成为身体的一部分。小姑订了生日蛋糕,却掩不住情绪,她想到了以往每年的这个时候,突然分不清现实和回忆,在挣扎中想要逃避,不想看到眼前这揪心的一幕,几次绷不住差点要号啕大哭。只有奶奶的状态最好,但大家都清楚,她是靶心,所有的痛苦无一不朝着她袭来,她承受的是我们想象不到的。"老伴"到底拥有什么意义,那一刻她的脸上写满了答案。

那场生日会过得那样热闹,又那样痛苦,每个人都在尽力演戏。表演生日会过后,爷爷就可以出院,一切都会像从前一样,一家人永远在一起,看着后代出生长大,然后将老丁家的美好品德传承下去。虽然大家都极力地抑制情绪,最后还是被小姑的哭声给弄穿帮了。父亲瞪了她一眼,她哭得更厉害,甚至有把心里话全部倾吐的冲动。父亲看情形不妙,怕她当着爷爷的面说出真相,那后果将不堪设想。于是,他马上拉住小姑,佯装要出去谈事儿,最终,爷爷用沙哑的声音喝住了。

父亲担心的情形还是发生了。

爷爷尽力保持平静,苍白的面容上都是痛苦的纹路,他望着一家人沉默良久,最终将愁容挤压成一个艰难的笑,用十分低沉的声音说:"梅儿别哭了,我还在,这个家不能少了我,况且龙岗、寒星都没结婚,婚礼交给你们办,我不放心……"

爷爷还想说,嗓子又呛住了;父亲阻止他讲话,并喊了医生。爷爷挪了一下手阻止,讲了当天最悲切的一句话:"万一我走了,你们要照顾好她……"

爷爷望向奶奶,那一刻,奶奶的情绪彻底崩溃了,眼泪夺眶而出,然后一家老小抱头痛哭,那场戏彻底演失败了!但父亲说,那场戏过后,不知道是爷爷为了配合大家演戏还是他真的不清楚,总之他更加积极地配合治疗,拿出全部求生的决心和念头,好像为了给后代树立一个榜样。他的眼睛里透着对未来的向往,向往还能够回到家中,在那棵桑树下摇着蒲扇乘凉,就像他刚步入中年时那样,说话铿锵有力,一家老小都围在他身边听他讲太奶的故事。这一切都发生得太快了,去年这个时候,他还骑着电动车,悠闲自在地去单位上班,完全没有一点疾病来临的征兆。

我常常想,时间也许并不残酷,生老病死也没那么难以理解,但病得太快,死得太早,才是人世间最大的悲哀。努力的意义有时不过是与现实拔河,想要有更多的时间来陪伴家人,想要用更好的条件来给生命中重要的人赢得体面和尊严。

奶奶生日后,爷爷基本上处于瘫痪状态,吃喝拉撒全在床上完成,他的眼神涣散,光泽被黑暗吸收殆尽,没有一丝残留,但他的脑袋不糊涂,可以认出每天看望他的人。那台手机仍是安安静静地躺在他手边,像一个冷峻的侍卫。父亲和大叔在那段时间可以倒班休息,却没预兆地同时失眠了,最后干脆直接放弃了倒班睡觉这件事,因为他们知道,留给爷爷的时间可能不多了。

和时间的拉锯战还在继续,时间进入了农历七月,医院的重病楼层变得躁动不安,每天晚上都会传来撕心裂肺的哭声。大家都司空见惯,知道死神又给某个水深火热的家庭下了最后的判决。爷爷记得这个重要的日子,他是个孝子,从早上唠叨到夜晚,提醒父亲一定不能忘记回家给老人烧纸钱,保佑后代平安。父亲让他别操心了,安心养病,说已经帮他做了,如果不放心,那他可以出院后亲自去补。爷爷深以为然,到了这个关头,他心中的忠孝节义仍旧是一成不变的。病房里的病人差不多都是"50后",他们思想传统,念叨着回家给逝去的长辈上坟烧纸钱,尽最后的孝心,甚至有人急了,背地里骂医生医术太差,明明答应上个月就能出院,却出尔反尔。病人家属们的口风都差不多,安慰病人说已经在办出院手续了,劝他们少安毋躁,该尽的孝心一样不会少,可是转身就要面对残酷的现实,背地里抹眼泪,如果真能让病人离开这儿,恐怕拿什么换都行。

七月初五,奶奶搬到了病房里和爷爷同住,大概是她知道爷爷的日子不多了,老人之间,相扶到老,到了末了,陪伴才是最弥足珍贵的。然而奶奶是个直性子,跟爷爷相处得并不愉快,她埋怨爷爷不给家人做交代,竟然还幻想着走出这间病房,懦弱得让她着急,但又碍于大家共同保守的秘密而憋在心里不刺激他,堵得不行。终于有一天,因为爷爷拒绝吃饭,奶奶没绷住,大发雷霆,骂了他几句。

"家里哪点不好,偏偏要在这个地方待着?"

"你这把年纪了,不知道落叶归根吗?给孩子留一点好念想吧!"

"你可以不听我的,但你要敢把所有的问题留给我,告诉你，这不可能，我不会放过你！"

奶奶愤怒地将憋在心头很久的话一吐为快，说完，跑了出去。爷爷像一个失去反抗的摆设，躺在床上眼睛浑浊地望着奶奶离开的背影，眼角发红。他读懂了奶奶愤怒的原因，也许跟那个可怕的真相有关，或许他早就知道了真相，只是不愿相信真相被揭开后的样子。他从来不敢想象要对那个住了一辈子的家突然说再见，不敢想象会突然看不见那个跟他成天斗嘴的老太婆，所有的功过是非转眼就被格式化。他统统没想过。他信心满满却大限将至，生命最后的警报声由远及近，越来越清晰地传到他的耳中。

大概知道奶奶哭了，爷爷不忍心，他让父亲推他出去看奶奶，怕她一个人出去不安全。这么多年，他仍旧忘不了岳父对他说的一句话，"保证我闺女的安全"，直到快到人生的最后，他还记着要子女去帮他完成岳父对他的嘱托。父亲用轮椅推着他来到了医院的院子，盛夏阳光灿烂，柳絮飞扬，到处都是坐着轮椅晒太阳的病人，奶奶就坐在不远处的长椅上抹泪，爷爷久久地望着她，就像当年第一次见到她一样。那一刻仿佛时间静止了。父亲看着这一幕，后退几步，拿出手机，拍了最后一张照片，将爷爷框在他永恒的期盼中，爷爷坐在轮椅上，凝望远方，和夏日融在一起，身前是长长的走廊，身后是钢铁森林，像一幅童年无数次梦见过的写实油画。

在爷爷住院期间，我在北京工作，每天挤在拥挤的地铁里啃面包,因为项目赶工着急,不能马上请假回老家。我就每天打电话回去询问爷爷的情况,家人让我别分心,好好工作,如果有时间,可以回来看爷爷,毕竟见一面少一面。我跟爷爷保证一定带女友回去给他看,他很开心,让我注意身体,还问了我北京的天气……那段时间的北京,热得像澡堂子。我作为一个只是枪手[1]的编剧,很难有理由推掉项目回家一趟,于是,我每天一边疯了一样地码字,一边说爷爷等我,一定要等我。然而我让他等得太久了,他疲惫了,终于在一天深夜,我接到了母亲打来的那通电话。

"跟你说件事,你一定得挺住。"

我心里有不祥的预感。

"你爷爷走了,走得很安详,只是他很想你……"

那一刻,我感觉天旋地转。我亲爱的爷爷,走了,我该为你做些什么?

除了回家,我不知道还能做什么……

次日从北京到天津,乘姐姐的车回到了老家。那个昏沉的下午,爷爷的院子里都是熟悉的面孔,灵堂已经布置好,爷爷的照片就放在木桌上,烛光氤氲,看他目光炯炯,就好像以前无数次那样:我下了车,进了门,迎面就能看到他,听到他喊我的名字,让我快来屋里坐,询问我最近工作如何,脸上挂着慈祥的笑容。可

---

[1] 枪手:为他人代写不署名,或在有授权的情况下续写、改写他人的作品,不署名。——作者注

是，我知道我永远听不到那个叫我乳名的声音了。他魂归极乐，若有轮回，来世再来呵护我，教导我，伴我长大成人……

追悼会在次日举行，夜里我们一大家人来到爷爷的棺木旁，由镇上处理丧事的先生举行最后的盖棺仪式。他让我们看爷爷最后一眼，爷爷就那样安静地闭着眼睛，像睡着了一样。小叔将那台手机放进他冰冷的手里，钢笔别进他的上衣口袋，看着棺盖缓缓合上。遵照习俗，人走了，盖上棺材盖才能念人，我们憋住内心巨大的悲伤，静静地，静静地目送他去……

现在，爷爷已经走了八年，我有时会梦见他，梦里的他让我要耻于落后，让我小心赴前，让我铭记祖训，让我不忘初心。他在的时候感觉不到，如今他不在了，我才知道，身体像缺了一个器官，每当夜深人静就隐隐作痛，他提醒我去想，家人的意义到底是什么，以及爷爷走了，我明天的路该怎样走，我该如何客观而冷静地向后代诉说爷爷的这一生……

然而爷爷你可知，你说过你会等我，你要亲眼见证我的婚礼，你要和全家人拍一张最后的合影，你都没有做到，但我明白你不会食言，因为在每年的夏季，我抬头望向那满天的星海，最亮的一颗会告诉我……你让我明白，哪怕有一天我们不得不面对那个冰冷的病房，也没什么好怕的，因为我们没有辜负走过的时光，没有浪费最好的年华，那就是值得的。

爷爷，我很想你……

父亲二三事

　　父亲这一代有过军旅生活的人，性格都很像，内心悲悯良善，通达真诚，倔强清高。我有时候挺怕他们，这种怕是因为敬畏，敬畏他们经历了那么多，父亲像个父亲，丈夫像个丈夫，儿子像个儿子，男人像个男人，人最光辉的那一面，他们一点儿也没丢。

2018年元旦，姐夫要在徐州办一次画展，手里的画不够，加班加点地赶工，让我把画好的几幅作品提前送到徐州，先摆上。那段时间我的电影搁置，稿费一笔没有，心情沮丧，正好要散散心，就带着姐夫的画坐高铁去了徐州。到达徐州的当晚，下雪了，站在高铁车站的大厅，两只脚像穿着拖鞋踩在冰面上，而马路上车子堵成长龙，不断有人举着伞在车子中间穿行。接我的小哥哥很热情，一边小心驾驶，一边叨念着带我去吃徐州有名的沱汤。吃了沱汤，他又送我到酒店，自己开车回去，让我有事打他电话。当晚我泡了一个澡，第二天姐姐和姐夫就来了。上次来徐州跟姐夫办画展已经是六年前，没承想文化馆布展的老爷子和看门的慈叔竟都还记得我这个后生。大概他们退休后的生活质量好一些，和几年前相比竟没有多出一丝苍老，笑意盈盈的，偶尔有人挂错画框，他们会大发雷霆，不过一转身，马上又是一副和颜悦色的模样。

在徐州第四天，家里打来电话，说嫂子四天后分娩，要我们三个一定及时赶回。我这才意识到，自上次回家距今已经一年多了，嫂子和哥哥结婚五年多，要这个孩子几乎花光了所有的储蓄，如今迎来了我们家的第一个孩子，确实如同母亲所说，应该开心，回来看一看。

嫂子分娩的当天，姐夫在徐州借了一辆朋友的奥迪汽车，载着姐姐和我回老家了。从徐州到鹿邑，一路上景象由陌生慢慢变得熟悉，很多童年的记忆挂在眼帘上，才知道心中的那颗童心仍旧扎着根，一股一股的感动往外冒。到了鹿邑镇的乡医院，来到小时候我出生的那间大产房的走廊，竟然有几分模糊的印象。嫂子在分娩房，护理房里就坐着姐夫一家六口。一年多没见父亲，他苍老了不少，犀利的眼神显得有些疲倦，但还是可以看得出来他神情里透着看到儿女归来的热情，还有盼到孙子辈后人降临的欣喜。我和他在走廊里坐着沉默，他递烟给我抽，我戒烟很久了，不想抽，又劝他前年刚做完手术也别抽了，但我知道他很紧张，恐怕这会儿只有烟才能平复他的心情。我和他本来话就少，遇到这种场合就更少了，心里似乎都关心对方，却不知道如何开口。父亲的急剧变老是从爷爷去世后开始的，尤其是这几年哥哥和嫂子要不了孩子，在经济拮据和家庭矛盾的压力下，他彻底沦为农村生活中难以避开的那个左右为难的角色。我不知道如何安慰他，事实上，我也是他心病的一部分，我在社会上漂了那么久，仍旧孤身一人，有太多身不由己的事无法自我和解和向别人解释，只能沉默以对。那个上午，我和他一根接着一根地抽烟，耳边医院的吵闹声渐渐消退，我感觉到时光在我们眼前凝固……

到了下午，嫂子终于分娩了。在产房里，我第一次见到了我们丁家的后代：小家伙个头不大不小，大眼睛黑漆漆的随嫂子，鼻子小巧随哥哥，见人就咧嘴笑，出生的日子挑的更是冬日里十分难得的艳阳天，一看就是赶上财神送福气的幸运儿。老姑一边逗着孩子，一边激动地将一沓钞票塞在婴儿的被褥里，眼圈有些发红。没过多久，几个邻居和大表姐过来了，见到孩子都是由里往外地开心，那种笑恐怕只有懂的人才知道分量。大表姐听从医生建议给嫂子的两条腿做按摩，母亲去交费和到超市买盐巴。太阳下山时，母亲让父亲先回家，路边槐树上还挂着父亲养鸟的笼子没摘回，顺便再给家里的老太太——我的祖母报个喜。姐姐和姐夫下午看完孩子回了姐夫的家里处理点事。时已近7点，父亲叫上了我，说让我跟他一起回去，我见也帮不了什么忙，闲坐着也没其他事要做，就随他下楼。在医院的院子里，他推来一辆电动车，让我坐在后座，拧开油门就载着我穿过医院大门，沿着那条熟悉的马路一路朝着村庄的方向开去。

在2018年的时间旅程中，距父亲上次骑车载我已经过了二十年了。那时我还不到十岁，有一日，父亲带着母亲到县里去看望一个亲戚，我在路边跟伙伴玩骑马打仗，姑姑和姑父要去县里办事，就顺道把我带上，让我去县里找爸妈。那日傍晚，父亲骑着自行车载着母亲和我，行驶在那条还没修好的城乡公路上，一路往家赶。后来，我坐在自行车前面的大杠上睡着了，只记得父母断断续续的谈话和自行车在不平的马路上磕磕绊绊。那段记忆尤其深刻，我记得落日的余晖，从黄昏到深夜，那时候的父亲四十出头，对人生充满信心。然而一转眼，他已经六十岁了，我坐在电动车的后座上望着他佝偻的脊背和他帽子下露出的花白的头发，心里闷得不得了。电动车行驶在我小时候经常走的那条麦田小路上，路边的白杨树已经砍伐殆尽，两边绿油油的麦苗一望无际，冬风呼呼地刮着，那声音瞬间让我回到从前。小时候觉得这条路好漫长，总是要走很久很久才到家，现在似乎太短了，抬头就能看到一栋栋楼房耸立的新村庄，像是到了别的地方。路上我跟父亲谈起前几个月去世的发小，他很感慨，说三十岁一个坎儿，那孩子马上就要晋升了，却没迈过去，葬礼那天村里的人还都不敢相信……听着父亲说这些，我觉得他受到了刺激，他害怕我有三长两短，所以从医院出来时我说我载他，他不同意不放心，非要载着我。这么多年，我觉得他仍旧把我当成是一个孩子，无论我在外面遇到了什么，心中都理所应当地给自己一个借口，那就是我还没长大。这一借口居然"使用"到了我快三十岁。我知道，他是帮我挡住所有时间洪流的那一堵墙，有一天，他若不在了，我就像断了线的风筝，无论飞多高，也是没着没落。

回忆父亲早年的经历，最先冒出来的就是他的那一身军大衣和那顶公安帽。我时常从柜子里翻出来将帽子戴在头上，想象着自己是一名人民警察，在一场大案的凯旋中受到了上级的嘉奖，将一枚勋章扣在我的胸前。那时候，父亲在镇上工作，每天早出晚归，喝得大醉，很多次我见母亲顶着夜色骑着自行车到镇上接他回家，我觉得就是那时候他染上酒瘾的，以至于之后长达几十年他都未曾戒掉。喝醉后的他像是另外一个人，从沉默谨慎到逢人便吹牛，夜里唠叨至凌晨导致母亲得了很严重的失眠症，长达二十年。有一年姐姐还说小时候最大的阴影就是父亲醉酒，他一喝醉就爱训斥人，以前在部队里兵痞那一套就彰显无遗，很多童年的美好想象都被他的训斥给彻底淹没了，以至于到了今天，仍旧怕他酗酒。

我四岁那年，从事了两年多司法工作的父亲主动辞职了，赶上当时开办乡镇企业的热潮，他决定自主创业。那是他年轻时的梦想。当时有爷爷的扶持，加上早些年他在南方和朋友做木材生意积累的一些钱，无论如何，这个关于砂轮磨料的生意一定要做起来。也就是从做企业那一年起，家庭的经济状况开始拮据起来。早些年他在南方干木材生意，逢年过节，他像个暴发户一样满载而归，买很多稀罕的水果和新奇的洋玩意儿。有一次，母亲收拾他的檀木箱子，打开还能闻到里面的果香，母亲就骄傲地想起，父亲曾经把稀罕的黄元帅苹果填满这个箱子，那时候我总是掀开那个箱子挑最大的看起来最甜的苹果吃，那样的记忆甜蜜而短暂。后来父亲还抱回来一台凯歌牌电视机，那时候十里八乡都没有电视机。记得电视剧《霍东阁》大热，晚上我家像是电影院一样坐满了人，掐辫子的，织毛衣的，人人脸上挂着质朴的笑容，在电视剧里的侠骨柔肠中感叹20世纪90年代科技的发达。然而，如今大家都捧着可以代替一切的手机天南海北地聊天，看世间百态，却失去了那时候对生活的无限向往。

父亲的工厂是在1997年那个香港回归的日子里创办的。在鹿柘公路北侧一千米开外的空地上圈起一个方形的地块，几十间厂房拔地而起，挂上一个熠熠生辉的招牌，就风风火火地开业了。开业那段时间，父亲格外风光，有领导过来视察，有记者上门采访，甚至还上了当地的电视台，镜头里作为经理的小叔在开业大会上发表的讲话让他看起来神气十足。开业后不久，工厂投入生产，小叔负责到广州、佛山进原料，拉回来加工成磨料后再卖给另外的工厂。那些把玻璃碎屑加工成磨料的大机器整日运转着，至今我也不清楚这些产品用在何处，对于如何盈利更是一头雾水。总之，那时候，父亲动员了左邻右舍的劳动力来工厂做工，的确解决了村里很多人的就业问题。那时候我也跟着幻想，将来我会成为电视剧里那种不可一世的富二代，而姐姐也常常在日记里赞扬父亲的志向和作为一个有产业的家庭的子女的自豪。然而，这一局面并未持续多久，工厂的效益在前两年并未出现明显的攀升，甚至可以说产品完全是低于成本在销售。父亲和小叔大概是第一次接触这个行业，虽说有表叔以此发家的前例，但到了这个时候，这个行业已经到了衰落期，只是他们并未意识到。工厂经营的第三年亏损十分严重，已经到了无力支撑生产的局面。为了继续经营，他们不得不继续贷款，后来从银行也无法弄到资金，只好从村里的社员和一些有实力的朋友手里倒腾资金，终于凑够了让工厂继续下去的"动力"。然而结果却让人再度失望，新的一批磨料再次搁置在佛山，无法卖出，至此再无资金来让这个工厂继续经营。也就是从那一年开始，我们的家境受到了冲击，以前那种小康生活没了，隔三岔五地会有人来家里要债，要债的人开始很客气，后来说的话越来越难听。也是在那段时光，我看到父亲从以前的血气方刚变得意志消沉。他经常喝醉，有好几次我见他在村里的大路上跟别人大声理论，眼神愤怒，手舞足蹈，像个病人。每当这时候母亲就拉他回家，然后他就缠着母亲解释，语无伦次，说了很多自以为是的道理，第二天酒醒，他又完全不记得自己讲过什么。母亲常常被他吵得一夜不得安宁，第二天情绪受到影响，就全部转嫁到孩子身上。至今姐姐和我还留下了很大的童年阴影，在生活中常常有一种没来由的谨慎与敏感。

最先反对父亲创业的是祖父，那时候祖父作为当地的基层干部，认为父亲应该老实本分地找一份饿不死的工作去干，创业这件事既有风险又不适合他。以他对父亲的了解，父亲养鸟种花，天生一副少爷的脾性，在尔虞我诈的商场中根本过不了第一回合。可父亲的性格偏偏像祖父，越不让干什么偏要干什么，以前让他去当兵，复员后，到了司法所上班，挣的钱连孩子的念书花销都不够，这种所谓的稳定在父亲看来完全就是在耗费他的生命。工厂开办后，父亲跟祖父吵了多少次我不知道，但从母亲那里我知道，祖父是看父亲拉着小叔一起创业才生了恻隐之心，但这也只是母亲的猜测，如果当年有更好的选择，我相信祖父一定不会让父亲去干这个。开工厂让祖父和父亲之间的第一道矛盾之墙彻底建立起来，这之后的十几年，他们父子俩矛盾重重，剑拔弩张。在哥哥结婚那年，两人因先去祭拜祖母家祖坟还是祖父家祖坟发生争执，祖父大概受不了父亲当众跟他大吵，竟然一屁股坐在地上抗议，七十多岁祖父的这一举动令我十分震惊。那一次，父亲彻底丢了颜面，因为在众人看来，这是对老爷子的不孝。虽然父亲后来道歉，但他心里仍旧不服气，直到祖父去世，我觉得他们之间的芥蒂还在。祖父生病那段时间，父亲夜以继日地照顾他，直到祖父在他怀里去世，我才知道，父子情到底意味着什么。

父亲的工厂停产后，一直闲置在那里，其间断断续续经营过几次，但都没成功。好几次我去那里玩，看着厂区丛生密布的野草，机器里布满的灰尘和蜘蛛网，我知道它已经随着时代的发展被淘汰，这个残骸就像一年比一年苍老的父亲一样，将所有的过往历史掩藏在内心，成为一个每当提及就会惆怅的伤疤。父亲不开工厂之后，为了生计，做过不少行业，无一例外都没成功。后来有一天，高中放假回家的哥哥突然提出辍学，说要去学一门手艺，将来赚钱养家，结果被父亲大骂了一顿，甚至还要动手打他。最后父亲被母亲劝走，那时候我确定他是真生气了。自小长大，我被他揍的记忆为零，但那一次我知道，父亲是真的被触及底线了。后来，父亲使出各种办法来劝哥哥再次入学，都无济于事，从那以后，哥哥的读书生涯结束，进入社会，而父亲不再强迫他，只能认命了。那段时间，父亲受到了很大的刺激。

　　有一天，我在姐姐给他买的一个日记本里看到他用铅笔手写的《我的前半生回忆》，是一些自传体的文章，相当于一本回忆录，语言朴实，但每一个字都刺扎到我的心。我不知道他写这个是为什么，据母亲说，那些天父亲整夜整夜失眠，他写这个东西也许有别的含义，但没等到我弄清楚这日记体式的文章背后的含义，这本珍贵的回忆录就被父亲付之一炬了。至今，我都觉得十分可惜，里面记录了父亲那个年代的很多印记，还有他一路成长的感悟。不夸张地说，我也是读了他写的那些，才有了进入作家这个行当的想法。没想到，后来阴错阳差又进入了影视行业，做了编剧。

　　我们家搬到工厂居住大约是2006年，那时候哥哥已经到了结婚的年纪，村子里都是拔地而起的二层小洋楼，我们家的老房子夹在中间格外扎眼。生活的重压，再加上工厂附近砖窑厂邀请父亲去做总经理等原因，我们举家搬走，在那个荒凉的地方一住就是四年。也就是在那四年里，父亲的事业再一次辉煌起来。他作为一个当年将砖窑厂从效益平平经营到日进斗金的管理者，真正发挥了他当时在当地号令群雄的才华。就是在那一年，老家20世纪的青砖房被推倒，盖起了二层小洋楼，也就是在那一年，我被一类大学录取，家里又恢复了消失许久的笑声。盖完洋楼，父亲又花了几万块钱买了一辆二手面包车，在当地也算是扬眉吐气了。也就是这辆车教会了姐夫、姐姐、哥哥和我驾驶汽车，可谓是功不可没。前年有一次我路过家里的工厂，在池塘边看到了那辆废弃的面包车，一只轮胎爆掉，车窗没了，四面漏风，它趴在那里，就像是一个动物的残骸。我想起十几年前，有一次我驾驶着它载着全家人回老家，为躲泥泞把不准距离，方向过于偏右，差点蹭到路边的白杨树上，父亲一把将我的方向盘转过来，教我找准中心点，还严厉地训斥了我几句，至今难忘。父亲这一辈子都被母亲数落，年轻时同龄人开拖拉机骑摩托车，他只能骑着一辆自行车，这辆面包车给了他神气的机会，他驾驶着汽车小心翼翼地穿过公路，穿过村落，找回了当年的尊严。

砖窑厂做了四年，国家又下了政策，不知道是因为环保治理还是这样传统的生产被时代淘汰，总之，一纸文书将全国大大小小的砖窑厂全部关停。这样的命令对于当时销售红火近乎暴利的砖窑市场是一个致命的打击，很多砖窑厂老板不得不关闭砖窑，有的老板为了保住这棵摇钱树，跑了些门路，得到的答复听着很容易，即砖窑厂可以继续做，不过要改变生产方式，生产空心砖。说得相当简单，可内行人明白，这完全是两门技术，光买新型的机器和掌握新的技术就是一项不菲的投入。于是那一年，几乎所有我知道的砖窑厂都被关闭，父亲经营的砖窑厂也不例外。他再次失业，赋闲在家，又隔三岔五地喝起了酒。

全家搬回了老家的新房子里，无所事事的父亲开始关心起家事来，比如哥哥的婚事，自己以后的养老问题，还有我将来的职业，等等。母亲几乎大半辈子都在埋怨父亲，唯独那几年她常在我们面前夸父亲，原因很简单，在砖窑厂倒闭不久，母亲生病住院，父亲成了全天陪护的小保姆，喂饭、洗衣服、讲故事、按摩，等等。一身少爷习气的他，到了母亲这里，成了周到体贴的暖男，真是让人吃惊。每次一讲到那段时光，母亲都会露出神气状，觉得前面几十年没白累，最起码看到了父亲掏心窝子对自己的好，值了。其实从小到大，我很少见到他们争吵，多数情况下父亲是让着母亲的，而且作为女婿，在外婆得病期间，父亲完全像亲生儿子一样殷勤照顾，这些都是母亲引以为豪的过去。偶尔讲起父亲的不好，母亲说有次她与父亲吵架，父亲踹了她一脚，虽然事后诚恳地道歉，但是那唯一的一脚也成了她这一辈子心中的芥蒂。还有一次两人吵得很凶，矛盾几乎是解不开的那种，深更半夜的，母亲跑出工厂，纵身跳进了河中要自杀，当时醉酒的父亲也是铁石心肠，浑然不理，多亏附近的一个叔叔将母亲从水中救出，这才化解了危机。每次讲到这件事，父亲就会被全家批判，而他自己也对此深表歉意，因为在他心中，母亲的地位俨然大过一切，如果没了她，父亲无疑就像失去了双手一样，啥都不会干。孩子是生活这道菜的作料，老伴是食材，没作料的食材能吃，没食材只有作料可是一口也无法下咽的。而对于几乎没有感受过一天父爱的母亲来说，这么多年，父亲的形象，除了丈夫，更像一个遮风挡雨的家长。

　　后来，父亲在家闲不住，念叨着要出去工作，在姐姐面前叫嚷着说要跟着村里的某叔伯出外务工，姐姐一听火气就蹿上来了，认为他完全是胡闹，他这样在家里一辈子没抡过锅铲没提过笤帚的人，让他去看别人脸色干活儿肯定是自讨苦吃。但看他在家里的状态很差，总是醉酒惹事，气得母亲好几次要与他划清界限。没办法，姐姐只好把他叫到天津，托朋友的关系找了一个建筑工程的活儿，他要做的就是在村里拉起一支有手艺的队伍，自己投点钱跑跑门路，然后在工程中拿劳务费。父亲一听就很乐意，用了不到一周就将这支施工队拉起来了，然后带着他们赶赴工程现场，开始了他心中东山再起的大事业。但这次的活计并不像他在老家经营砖窑厂那样左右逢源，遇到的问题都是他没经历过的，总之工程干了不到两个多月就无法继续了，具体原因我没追问过，用姐姐的话说，父亲过于相信人，又不懂那些老板的心机，他在农村的那一套本领拿到这个城市完全用不上。父亲不服输，认为困难是暂时的，往后会有转机，但姐姐意识到了这所谓的工程猫腻太多，果断给他画上了句号。为此，父女俩还大吵了一架。父亲骂姐姐不通情达理，简直像当年的他一样武断、脾气暴。姐姐确实是暴脾气，两个人大吵了几次，父亲一气之下，将手里的钱给工人发了工资，连给姐姐说一声都没有就直接去车站买了回老家的车票。在长途客运站他喝了酒，还跟一个陌生人发生了冲突，据说还动了手，吃没吃亏不知道，总之等姐姐夫赶到，他搭乘的大巴车已经开出了天津。姐姐含着眼泪一个接一个地给他打电话，他不接，气得姐姐跟母亲抱怨说，这样的父亲全天下就他这么一个了！

父亲后来就一直赋闲在家，操办完哥哥的婚礼后，他整日养鸟种花，与街坊邻居聊聊家常，偶尔帮助当时接替祖父当基层书记的小叔处理一点村内外的事务。他以前服兵役获过荣誉，向政府申报给发了一点补贴金，又加上姐姐的资助，在家前院的空地上盖了一间便利超市，这间超市供应了日常的开支，断了他嚷着出门讨生活的念头。大前年，村里有人办喜事，他被邀请去张罗操办（母亲念叨他多次，说他快成了这类事的专业操办员），从凌晨一直忙到清早，喝了一肚子凉风，回来就感冒了，喉咙哑了，还不停地咳嗽，开始没当回事，渐渐说不了话，嗓子哑得可怕。他当时认为就是扁桃体发炎，一年总犯几次。但母亲心细，发现情况不对，扁桃体发炎严重到话都说不了，这还了得？就要拉着他去县城检查。他还特不乐意，若不是开不了口影响了打麻将，他大概是不会去的。然而检查结果不得了，喉咙部位似乎长了一个小东西，但是，县城医院拍的X光片模糊不清无法确诊。父亲嚷着说没事，回家养养就好了，母亲还是不放心，就打电话给姐姐，姐姐听了直接让他到天津治疗，说这绝对不可能是嗓子发炎。于是在极度不乐意的情况下，父亲和母亲一起去了天津，到了254医院重新拍了X光片。结果十分清晰，父亲的喉咙上长了一个小结节，这一下让他心里有了畏惧，这东西太可怕了，以前邻居家的一个太奶奶喉咙上就长了个这东西，后来病故。但姐姐还是劝他别太担心，现在医学比以前发达，再说会找最好的医生做手术。提到做手术，父亲脸色都变了，在那个下午，往常滔滔不绝的他一言不发，看来面对疾病，人都一样，都会本能地惧怕。

父亲做手术住院的那几天，我从北京赶过来陪护，说是陪护，其实基本上是母亲一人日夜守着，我说轮换着来，母亲不肯，这样的事换谁来她基本都不放心，一定要自己守着。在父亲生病那段时间，姐姐和我都受到了巨大的刺激，我们不能在他面前展露情绪，只能在背地里互相安慰对方。好几次姐夫跟我说，姐姐一个人在夜里大哭，整夜地失眠，她害怕父亲有三长两短。作为长女，她的那颗心恐怕只有姐夫一个人懂。这么多年她操心家里，做了很多牺牲，都是为了父母健健康康，阖家欢乐，如今

父亲二三事　049

这样突然的打击让她吃不消。从父亲住院到出院，她一直假装坚强地面对一切。也许是因医生妙手回春，也许是因父亲坚强与乐观，总之他渡过了难关，术后恢复得不错，又变成了那个嗓音洪亮、身强力壮的倔老头。姐姐这才松了一口气，往体重秤上一站，整整瘦了十斤。

再后来父亲就一直在家，他戒了烟酒，过上了退休养老的生活。虽然刚过六旬，但那次生病让他苍老不少，举手投足间像极了那种随处可见的农村老头儿。又加上哥哥和嫂子要孩子屡次失败，经济上和家庭关系方面，他作为一个"领导人"必须小心处理，脾气也收敛了很多，做事比以前更加顾全大局。直到2018年，哥哥迎来了第一个孩子，他苦闷的脸上才展露一些灿烂，作为老人，他看到了第三代，这是那个年龄段的人最大的幸福。然后一直到了2019年，小叔因为一些其他原因辞掉了基层干部的工作，父亲才有了继续工作的念头。这个基层干部管理十几个村庄，当年祖父从二十几岁一直做到七十多岁，可以说死在岗位上，这是我们老丁家的光荣与骄傲，到了他们这一代如果丢了，用父亲的话说，不甘心，也觉得对不起泉下有知的祖父。可是他知道自己已经年过六旬，虽然群众基础、名声和威望都有，但这份工作并非那么容易。可他想姑且一试，姐姐对此十分支持。姐夫托朋友打听了一下条件，父亲提交了申请书，然后就在家里等消息。不知道是以前的领导念叨祖父当年的成绩，还是父亲的人缘在十里八村赢得了党员们的认可,总之,等到上面宣布任命父亲作为绝对人选时,他不敢相信,只是低调地配合党员选举开会发言等。直到有一天,姐姐跟他网络聊天,上来喊了一句丁书记,他乐得合不拢嘴,这才知道,其实他很在乎这个位置,或者说这个位置对于丁家来说意义重大。姐姐劝他,身体不好,当了官也不能没日没夜地饮酒抽烟,他一个劲儿地点头,像刚进入社会满腔热血的进步小青年,但他扭头就忘了。有一次,他喝醉酒被姐姐知道,姐姐马上打电话过去责备他,吓得他立即指令母亲打配合说他已经睡着了。从那一次起,父亲常常早出晚归,有一次,母亲给姐姐夫念叨说这个老头子现在最关心的就是工作,冷不丁突然不在家,她有些不适应,总觉得少了点儿啥,姐姐听了笑得前仰后合……

国庆节前夕,有一天夜里,我在海河边散步,发了一条朋友圈:"今天在写一篇丁书记的文章,写得心里堵得不行,很多小时候的回忆都往外冒,想起小时候他教我立志,想起他喝醉酒一身军人的习气。这些年跟他的话越来越少,在一起时也不过相互客套,我觉得别扭,一般起身就走,都希望彼此好但似乎又无法让对方理解,挺累的。在祖父去世那个月,有一天,他打电话问我,祖父留下的以前的照片找不到了,急迫的语气让我忽然发觉他老了。这些年,我发现自己年龄越大越像他,乐观的外表下内心沮丧，但我更清楚的是，我一年比一年更懂他，渐渐地推倒了当初对他很多武断的认识。他是我头顶的那片天，又是我脚踏实地的地，有一天他不在了，我就成了断了线的风筝。想想我们最终都会和这个世界告别，一想到此，很多快乐就苍白了。我发现，眼下又到国庆了，想起二十年前的国庆，翻翻少时的东西，很多梦就从眼前的墙上走下来，很清晰又很模糊。一代人培育一代人，未来可期待可向往！这好像是人活着最美好的谎言⋯⋯"

我的画家姐夫

在遇见姐夫之前,姐姐是相信爱情的,在遇到姐夫之后,姐姐仍旧是相信爱情的,她从来没有变过,这是最难的。因为人要么有时相信爱情有时不信,要么一辈子都不信,更令人惊叹的是,她从来没有什么经验可以谈,一切顺其自然。

每年的2月15日都是姐夫最纠结的日子,因为这一天全国研究生考试成绩揭晓。姐夫做了七年的考生,仿佛中了魔咒,每年都在英文上失利。家里人知道他太忙了,忙着做画坛的新一代徐渭,忙着赚钱,忙着喝酒,忙着跑人场,忙着拾起丢了多年上学时代逃课落下的英文,不知道的人还以为他太爱英文了。这样说虽有点儿玩笑意味,但英文学习能力对到了他这个年龄和处境的人来说,是无法和那些在学校里一心通过考研来改变前程的职业学生竞争的。一个中国人学习英文没问题,一个中国的文化人学英文也没问题,可一个中国的以画画为生的文化人学英文还被逼着以英文做评判标准来判定画坛的地位,实属是让唐僧戴紧箍——多此一举。

姐夫决定考研是在他毕业三年之后,那时的他已经在青年画坛独树一帜。能画写意花鸟的人不少,能画工笔花鸟的大有人在,能同时画工笔和写意的掰掰指头也能点上名来,但既画写意又可以将工笔发挥到极致、风格鲜明的人,姐夫算一个。但这一行论资排辈,对学历的要求很直接,有了高的学历,跟了行业著名的老师，那么无论你的画是什么程度，在收藏家看来，都是有了金字招牌的。姐夫第一次参加考研，抱的是重在参与的心态，因为他心知肚明，持有不足50个英文单词的量去参加考试，基本就是送死。于是，他"死"了，成绩出来，政治通过，专业美术史成绩不低，唯独英文，比想象中高了几分，但离合格线相差甚远。收到成绩单那天，姐夫不屑一顾，说今年好好补补英文，争取明年一把通过，再难能难得过画工笔花鸟吗？不信了！

事实上，姐夫虽然初中就学习了英文，但对他来说，这门语言的难度系数远远在画工笔花鸟之上。第二年姐夫考研明显有了压力，他要一边准备画展，一边应付一些艺术圈的应酬，还要静下心来背英文，做政治试题。那些日子，我常常见他在阳台面壁思过一样低声背诵英语单词，每当困意来袭，他就掏出香烟，点上提振精神。对于一个已经戒了烟的人来说，因为考试再次捡起并不容易，抽过烟的人都知道，戒了再抽要是犯烟瘾就会更难受。从姐夫学习英文的精神来看，通过考试并不难，但事实并非如此。英文基础差的人都知道，有时做题你可以一下子全部答对，而有时辛辛苦苦练习了很久，仍可以十分认真地将所有题一道不剩地全部答错，这对自信心的打击是致命的。姐夫就在一摞一摞的试卷中被打击得一无是处，那些做错的试题仿佛是对他的耐心的嘲笑，等待他举手投降，做一个永远失败的考生。

然而姐夫是绝对不认命的。就像辍学就业后再参加高考，创建培训画室，丢掉服装设计专业而自学国画，每一步都需要很大的勇气。第二次考试结束，姐夫回来开心地对姐姐说他答得不错，如果不出意外，通过应该没问题，他和网上第一时间出来的答案做了对比，终于给自己下了定义，今年必中！然后开心得像个孩子一样，拿着近期的作品给研究生导师点评。研究生导师十分喜爱姐夫，他见过不少国画专业的孩子经过长年累月的学习而画工卓越的，但第一次见设计专业的孩子凭借自学将国画的技巧达到了这个年龄不该有的高度，他感到无比惊叹。没有老师不喜欢才华横溢的学生，遇见这样既积极乐观又有潜力的学生，他们惜才如金。所以他们给姐夫的答复是，只要文化课通过，专业课正常发挥，想不收姐夫都难。那些日子姐夫像是吃了蜜，见天儿地在姐姐面前描绘他未来要走的每一步，姐姐这个陪他一经历过无数风雨的女人从未怀疑过他。她最爱听的就是姐夫的那一句：别抱怨，也别着急，将来你最发愁的就是怎样接着艺术家带给你的名利双收的果实。他要她今后不为钱皱一次眉头，姐夫说这话时，姐姐笑得眉眼弯弯，从十八岁认识姐夫那一年开始，她就对他的话深信不疑。

我认识姐夫也十多年了。那会儿，老家的房子还没重建，我刚升入初中，一边应付学校学习，一边沉迷在港台碟片世界的打打杀杀里。有一天，姐姐放假回来，给我看一张一寸的白边红底的照片，照片上是一个男子，短发，方脸，眉宇间有几分英气，血气方刚中带着淡定自如。姐姐问我这男孩子怎么样。从姐姐的眼神中，我知道她是认真的。

自小学以后，追求她的不错的男孩子很多，但唯独这个男子是她决定要在一起的人。那时候学校对恋爱睁一只眼闭一只眼，家里却讳莫如深。像姐姐这样出生在有些封建专制的家庭中的女孩子，难免要经过一段俗套但对多数情侣是致命打击的关卡。高中时代的姐姐大部分时间在画室，她年少时擅长绘画，正赶上学艺术的热潮，想要学一门手艺而进入理想中的一流高校。事实上，那个时候她是出类拔萃的，对水粉画的领悟她是天生就有的，她的作业经常被老师从一堆花花绿绿的宣纸中挑选出来作为范例挂在画室的墙上。直到姐夫到来之后，这个局面才算被打破。姐夫的画跟姐姐的一样，都细腻传神，只是线条不同，一眼就能从线条中看出两人的性格。那时姐夫的性子刚毅、冲动、疾恶如仇，姐姐性格爽直、明朗、细心，两人十分有缘，且性格上有相近相补之处。在认识姐姐之前，姐夫留的是长发，他十岁那年还在武校里踢过沙袋，后来读艺校初识国画，跟一帮一起混的兄弟过了一段有艺术有江湖的日子，两年后的某一天喝完一顿大酒决定削去长发，告别艺校，回高中读书做一个平常的孩子。但这并不容易，在高中时代，他的曾经被人扒出来放大，以致当姐姐和他恋爱时无数的流言蜚语扑面而来，他被作为批判对象，不得不为自己当初的行为埋单。在巨大的压力和少年闯荡的梦想之下，姐夫再次辍学，去北方做起了生意，只留下少儿时代拿过的几个国际大奖的奖杯，一些当时远远超过教材范例的绘画作品，以及远在几千公里外的教室里念书的姐姐的思念与担忧。但他那时候雄心勃勃，认为钱比知识重要，有钱就能改变一切。

姐夫这一走就是一年多，在此期间给姐姐写过不少信，内容大多是报平安和鼓励姐姐努力准备高考之类的，对自己的状况只字不提。那些信积压在一起，成为他们爱情的证据。没过多久，姐夫就回来了，一副当时时尚的打扮，皮夹克、白衬衫、挪威式皮鞋，眼神中多了一些经商后的精明与成熟，但姐姐看得出来他在尽力回避对铅笔和颜料的关注，不谈和姐姐约定的未来的艺术梦想，他的眼神会在灿烂的一瞬间忽然黯淡下来。姐姐劝他回来继续读书，他不听，又走了。

这次走了小半年，再回来又变了，他褪去了商人的油滑，穿上了学生装，干净利索地加入备考大军。很多年后，我才知道姐夫那时的理由是创业失败，看透了人情冷暖，想要多读几年书，事实上他是被姐姐后来的信所感动，姐姐在信里说她已经将他们的恋爱关系告诉了母亲。她知道，如果不说，会后悔一辈子的，她了解母亲的性格，所以她知道也许这是一条惊险、需要赌上毕生幸福的道路，她必须试一试。而母亲没有像别人父母一样立刻展露出偏激而专断的态度,她相信自己的孩子,认为孩子既然告诉她,就应该尊重孩子的信任,越信任越不容易出错,所以她给了一些中肯的建议,她让姐姐劝姐夫参加高考,原话是:"高考不是人生唯一的路,却是一条这个年纪最不容易出错的路。"就是这句话,让血气方刚的姐夫看到了希望,一拍胸口说:"不就是高考吗,还能难得倒我?我要是拿起画笔,就没别人什么事了!"

姐姐就爱听姐夫的雄心壮志,凡事势在必得,然后为了他的吹嘘埋单,背后花费十二分的努力去实现。那时候,他已放下画笔一年多,再次拿起来,恢复也是需要时间的。现在看来,姐夫手上的功夫相当了得,一个同样的静物或模特,别人看的是形象、是表情,他看的是精神、是文化,他的线条充满生命力,似浑然天成。之前只是听他们的一个老同学说,如今看到姐夫挥洒自如的画作,不禁感叹当年姐姐真是慧眼识珠。2007年,在全国艺术类招生考试中,姐姐姐夫两人以全国前几名的成绩被天津美术学院录取,就这样,一对在当时遭到很多人反对的恋爱青年摇身一变成了美术院校的金童玉女。那一年的夏天,姐夫去了我家见父母,一家人和和睦睦地吃了一顿饭,我记得那顿饭姐姐哭了几次,姐夫和父亲喝了不少酒,初春的尾巴,暖洋洋的,十分难忘。

姐夫的赚钱能力体现在大学期间,开学没多久,他就开始琢磨着办高中美术培训班,那时候,想要通过艺术类考试进入专业院校的孩子在学校里学习的那点皮毛功夫到了校考就会变得捉襟见肘。于是，他们不得不参加一些美术院校在校生创办的绘画培训班来达到入学的水平。姐夫的画室就是在这股浪潮中开办起来的。

他和姐姐在美院附近的小区租了一间复式公寓，二百多平方米，第一层给孩子们做画室，第二层做学生宿舍，每天除了按课程表完成大学的课业，还要两人倒班去给学生们上课。这些孩子都处在青春期，不同的是，有一些顽劣散漫，极其难管，一边在你面前发誓除了美院其他不理，一边转身逃课到网吧打游戏，打到第二天毫无精神地将素描画得乱七八糟。有一次，姐夫在网吧里抓住了他们，他们埋怨老师不近人情，画画那么累出来放松一下怎么了？再说了，艺术生考的是分数加技能，技能学好一生傍身，多花点学费值得。如果跟普通的高考生一样，干吗来这里？姐夫听到这些牢骚，火一下就蹿上来，但他不能做什么，只能将他们带回去，语重心长地给他们讲述大人支付高额费用供他们读书的艰辛，还有每年艺术生考试上千人争一个名额的激烈。那些孩子当时听了很受触动，内心也觉得不对，但转头即忘的有很多，还有不少孩子马上又会再次流连于各大网吧。于是，这些学生高考惨败。这时候，他们的家长就会不分青红皂白，背地里埋怨老师无能，很多和姐夫称兄道弟的家长因此和姐夫断交。而姐夫实在无法向他们解释，那些刚进入画室、水平像鬼画符一样的学生，经过半年的学习，勤学苦练，时机一到就杀出重围，成为艺考中的黑马，他们在背后画掉的画纸摞起来有一人多高，无他，就是功夫练到家了。

姐姐的身体是在办画室那几年累坏的。她学的专业是视觉传达设计，课业繁重，需要长年累月地面对电脑做标识、做装帧，不能马虎一点。每天上完课，她还要直奔画室，给学生讲课、改作业、做辅导。后来，姐夫丢掉本来的服装设计专业一心研习花鸟画，她又要协助他完成服装设计类的作业。那几年，她因工作量太大，导致颈椎扭曲变形，犯起病来，脑袋里就像扎了一根刺，我曾经很多次见她痛得整夜整夜失眠，又不能吃安眠药。痛到极致，她就用喝酒麻醉自己帮助入眠，以换来第二天的清醒，继续昨天那样的忙碌不堪。后来有一年她陪学生去参加校考，寒冬腊月的，姐姐只穿了一条薄毛裤，回去后就觉得膝盖疼，疼到不能正常行走后，才去的医院，大夫直接宣判，这是风湿病。那天姐姐哭了，这么年轻就得了风湿病，以后出国游玩的梦看来要断了。令她欣慰的是，姐夫对她的呵护是无微不至的。姐姐最难忘的是，有一年冬天，在周口看完病，天空稀稀拉拉地飘起了雪花，姐夫骑着自行车载着姐姐，一边骑车一边用手哈热气捂住姐姐的膝盖防止灌风。这一幕直到前几年姐姐还在念叨，说姐夫对她真正的好也就是在那几年。事实上，一头扎入生活最繁重的那个旋涡，他们是迫不得已的。美术类院校学费很高，他们又不愿意张口跟大人要学费，所有的一切都靠自己的双手去挣，其中的辛苦可想而知。有时我会想，他们很不像那个年代的孩子应该有的模样，他们成熟、稳重，和各色的人都能打成一片，在同龄的孩子当中一眼就能看出不同。就是带着这样的不同，姐夫的画室整整开了五年。第六年的一天，姐夫将"自学成才"的国画作品交给当时一个知名的国画老师点评，老师觉得他出手不凡，继续下去说不定能有所作为。不知道人家是客观评价还是敷衍了事，姐夫当真了，当天回来就跟姐姐说不要办画室了，要一心研习国画，以后卖画的收入会是办画室的几十倍几百倍。姐姐觉得他吹牛，但也还是停止了招生，一心支持姐夫研究花鸟类国画，做一个纯粹的艺术家。姐姐也因此成了姐夫的经纪人，帮他打理日常琐事。那一年，姐夫二十五岁，姐姐二十五岁，作为跨专业的高才生奋力地往那个高手如云的画坛里挤，亦步亦趋。

我记得姐夫的画是在2012年之后畅销的。那一年，传言是世界末日，我大学毕业，从郑州搬到了天津，每天游荡在海河边上思考未来的路该如何走。也就是在那段时间，姐夫决定去外地办一次大的画展。那次名为"守望"的画展办得格外成功，他的画风格独特，很少用色，直接从古人那里拿来的笔法和意境，被当地的收藏家青睐。12月21日当天，展馆里展出的画全部售空。晚上回到酒店,我们战战兢兢地等待世界末日的到来,姐姐对姐夫悲切地说,刚赚了一笔钱,就要到世界末日了,这拼死拼活的日子真不值。然而第二天醒来风和日丽,一切生机勃勃,每个人喜气洋洋地在自己的工作岗位上兢兢业业:世界末日没来,我们迎来了曙光。

画展结束后在高铁上,姐夫向姐姐说,他要买一辆汽车,姐姐说先买房吧,姐夫不同意,说:"每次都听你的,你听我一次,等下一笔钱赚到了,买一栋别墅给你,写你的名。"姐姐是一个凡事深思熟虑的人,但遇到姐夫,本来冷静的头脑就会马上变得不理智,于是扑哧一笑——她就爱看姐夫这种一半艺术家一半暴发户的样子。事实上,姐夫这样积极向上,在那段艰难的时光,曾一度带领着我们迎难而上。于是到了年底,姐夫真的买了一辆车,第二天,他就拉上姐姐和我去海河边上兜风。姐夫和姐姐很早以前就考了驾照,几年前用我家那辆面包车练过手,当天这样一腔热血激情地上路,坐车的人不免有些提心吊胆。而姐姐正式在天津城区驾车是源于她和姐夫的一次吵架事件,姐姐负气离开,想去塘沽看海,但驾驶技术实在糟糕,就找了武警部队的一个大哥带她练车。不知道是因为赌气还是"教练员"教导有方,总之,那一上午,姐姐居然一个人将车安稳地开到塘沽渤海岸边。她下了车,吹着海风拍照给姐夫,姐夫惊讶得说不出一句话,望着照片上的海,兴奋地说:"你等我,我马上打车来找你……"

姐夫出过一次车祸。买车第二年,姐夫去郑州举办画展,姐姐在家忙着装修没去。这么多年,第一次自己一个人出门做画展,姐夫有些力不从心。但那次画展办得不错,卖了钱,姐夫开心地说当晚就要返回天津,姐姐建议他明天再回,不要疲劳驾驶。常年和爱人生活在一起的人,突然分离都会有些茫然无措,就像小时候突然住进别人家一样感觉陌生与不适,于是姐夫说走就走,在高速上,车子风驰电掣,大声地放着音乐。在路过山东德州附近的一段转弯的之字形道路时,不知是他没减速还是注定有那么一劫等着他,总之等他觉察到撞到什么的时候,他的脑袋已经蒙掉了,气囊弹出,鼻子流血。他半天才缓过来,马上下了车,看到自己的车子撞到一辆停在高速上的捷达汽车,车子彻底变了形,姐夫就像做了一场突然惊醒的梦。不知道是因为把新车撞得不成样子怕回去被姐姐数落,还是对这辆非法停驶在高速上的汽车感到窝火,总之当他狠狠地走过去讨说法并拿起手机要报警时,那个刚从路边小便归来的捷达车车主发现事情不妙,居然拔腿就跑。姐夫哪里肯放过他,追上去就要制服他。黑黢黢的高速公路上,两人疯了似的跳下高速你追我赶,姐夫是练武出身,不费什么气力就抓到了肇事者,那家伙上手就开打,这下彻底激怒了姐夫。自己做错事,还敢动手打人,简直太猖狂了!于是,姐夫头脑清醒地三下五除二将对手撂倒,反剪着他的胳膊将他按倒在空地上,然后打电话报了警。警察来了,姐夫这才松了口气,才意识到鼻子还在流血,身上的剧痛也跟着潮水般涌上来。公安局里,肇事者和姐夫在长椅上并排坐,那画面真是滑稽,两人还时不时地聊两句,姐夫甚至还借用了对方的充电宝,对方也表示晚上酒喝得确实有点多。直到事情彻底解决,姐夫才敢回拨姐姐的电话。在那之前,姐姐已经打了几百个电话。电话一接通,姐夫给姐姐说的第一句就是他出车祸了,姐姐听完很久没吱声,过了一会儿,她才声音颤抖地问情况,直到姐夫将前因后果说清楚并表示现在安然无恙,姐姐才哇的一声哭出来,骂他浑蛋,不让他晚上开车非要开车,这下好了。姐夫说他想快点见到她,结果,这句话让姐姐哭得更凶了。

  事情很简单,处理起来不复杂,对方出了一些钱作为赔偿,保险公司也签署了修理车子的协议。几个月后,车子崭新地回归,而姐夫休息了半个月,像什么也没发生,再次上路了。也就是那一年冬天,姐夫又办了几次画展,决定要买下他们住的那套一百三十多平方米的房子。那套房子位置不错,临近海河和美院,最重要的是住了好几年,有了感情,闭着眼睛就能顺着海河走回来,不愿意再搬家了。年底他们交了房款,姐夫在购房协议上要求落下姐姐的名字,说这是这些年能给姐姐的第一件有意义的礼物。买完房子他们囊中羞涩,姐夫跟姐姐保证说:"不出一年,这些钱还会回来,还能向你求婚。"提到求婚俩字,姐姐沉

我的画家姐夫 065

默了，她和姐夫在一起差不多七年了，这七年里她每天都在等待这两个字，终于听到了，她不知该如何来定义那一刻的心情。她的回复相当含蓄："你是求婚了，我还不一定答应呢！"姐夫信心十足："我有绝招让你痛快答应。"

姐夫让姐姐答应结婚的条件也很简单，就是在他们去威海办画展的时候，拍了一组婚纱照，又画了一幅求婚寓意的国画给姐姐，姐夫还说了一些着五不着六的话，姐姐稀里糊涂就答应了。粗糙得让人怀疑这个绝招是认真的吗？但当时姐姐是懂姐夫的，实际上无论他求不求婚，都会嫁给他，两个人一起携手这么多年，患难与共，再说些俗套的东西，都觉得矫情。由此可见，当时他们彼此的爱已经渗透进了生命。他们之间大概就是如此，你不说我不问，你说了我理解，你觉得困难，我们一起面对。人世间被说得玄之又玄的爱情，不过四个字：相濡以沫。

相濡以沫让姐姐和姐夫在第二年结了婚。婚礼在老家举办，热闹非凡，姐夫的朋友遍布天南海北，都咋咋呼呼地过来庆祝。那一天，我觉得是姐夫人生中最开心的一天，他打着领结，满面春风，不断招呼从远方赶来的朋友，听着他们的祝福，他笑得合不拢嘴。我是娘家人，按照习俗，婚礼不能参加，但从录像中我看到了那场婚礼的全部经过。司仪是姐夫的老朋友，在众人的簇拥下，他将婚礼气氛的高潮推了一波又一波。婚礼创意十足,感情真挚,当那首《父亲》响起,司仪让这对新人给父母磕头时,姐夫已然泪流满面。他的眼泪止不住,哭得像个孩子,让熟识姐夫的朋友笑他铮铮铁汉也有柔情似水的一面。姐夫哭了,台上的父亲也哭了。在这件事上,台上的女人比男人坚强,母亲没哭,姐姐也没哭,她们热情有礼貌地配合司仪继续进行仪式。那是我第一次见姐夫哭,那眼泪包含太多东西,姐姐相当理解,但事后也调侃姐夫演技不错,不当演员可惜了。姐夫马上说:"你离开娘家没哭啊?还说我?"姐姐这才想起从娘家离开时母亲和祖母在套间里不肯出来,低头抹泪的场景。俗话说,"嫁出去的姑娘泼出去的水",在人们的传统观念里,姑娘嫁出去了,就是别家人了。这思想明显过时了,姐姐和姐夫结婚后,我粗略算了算,他们在我家的时候比在姐夫家的时候还要多,显然,养个闺女有时比养个儿子更令人感到踏实,至少姐姐是如此。

婚后,姐夫又参加了三次考研,无一成功,失败的"经验"大体一致,全部死在英文上。姐姐认为,姐夫中文水平高,英文没理由一直考不好,究其原因是姐夫的学习不得法。仔细想想,确实,虽然姐夫很勤奋,日夜刷题,但考研英语对于一个这些年不接触英文的人来说,短时间内突破基本是不可能的。

第四次考研败北时,姐姐劝姐夫要不就算了。那天晚上,姐夫抽掉了一整包烟,最后一脸沮丧地说:"这样放手不甘心,就差几分了，有希望了，再努力一把就成了。"姐姐看着姐夫这个样子，马上露出欣慰的笑，这个男人给的答案，无疑就是她想要的，而且她会陪他一起作战到底。第二年，再次走入考场的姐夫从容淡定，像一个历尽沧桑宠辱不惊的老兵。考场里有后生认出了姐夫，坦言很喜欢他的画，一直在临摹，对此，姐夫并没有感到难为情，同他们热情交流，还主动调侃自己成了考研的专业户。姐夫注意到同一个考场还有他的老同学，大家在这种场合遇见，有些滑稽，像是在英文这座迷宫里突然见到了迷失的同类。那场考试姐夫答得很顺，下了考场还跟姐姐炫耀，这次不通过，就是他命克英语了。作文写得很流畅，阅读理解《史密斯太太想要去月球的愿望》那一篇胸有成竹，分值可以全部拿下，英文过线肯定不成问题！姐姐对姐夫能够这么深刻地读懂阅读短文感到怀疑，但她还是选择相信姐夫。他考了整整七年了，其实无论结果如何，他都是一个胜利者。

  那一年考研结束后，姐夫显得比以前更放松，满心欢喜地等待成绩揭晓，终于，这一次命运开挂了。他的英文有惊无险地过线了，虽然还不知考研最终结果，但对于屡战屡败的姐夫来说，这样的巨变，无疑是天大的喜事了。那些日子姐夫像是人生中了头彩，列好了研究生三年的计划，比如要改简历了，要去读一些论文了，要去拜访老师请教笔法了，等等。然而令他完全没有想到的是，他的文化课通过了，专业课通过了，却再次落榜了——当年的录取按照高分择优录取,虽然他的分数过了线,他却没有成为"高分择优"中的一员。姐夫的研究生梦再次破灭,那一年是他的本命年,他大失所望,几天下来,看起来衰老了不少。每个人都为他感到惋惜。我那时在想,也许他会就此放手了吧。

然而没有,姐夫就像是不死的战士,心中有着不熄的烈火,他再次填报了个人信息,加入了次年的考研大军。这一次,他仍旧心平气和,泰然自若!

失败像一个梦魇,姐夫要在无数的梦魇中战胜自己,回到有光的世界,尽管希望很渺茫。画笔是加了速的高铁,一路看去都是风景,他是画家,成全了这个五彩缤纷的世界。在这里,一切不如意像深夜停靠的一个又一个站点,时间是列车员扬起的信号,到了点,再次出发……构成了世间百态。

如今的姐夫仍旧十分忙碌,画画,喝酒,应酬,应付有价值或无价值的琐事,他的世界每天都在高速运转。每天清晨,他起床后,开窗,浇兰花,背单词,泡上一壶茶,摊开宣纸,列好画笔,按下流淌着古筝笙瑟的扩音器Play键,开始了一个青年画家的一天。

他越走越远,走过翠竹山林,走过碧水楼阁,走过十字街巷的烟雨,直到他感觉到静寂中有人踏着碎步像轻柔的风一样从身后扬起,来到他的身边,将一杯香气袅袅的碧螺春递给他。他抬起头来,看到姐姐披着万道霞光从另一个梦里穿越过来;他沉迷着,神采出体,像走进画中的人,步履摇曳披头散发地融化在淡墨线条之中,瑟瑟的,幽幽的,睥睨众生……

忆发小

小时候，没有什么朋友的概念，单纯喜欢一起玩，有了什么矛盾，打一架，之后又能一起玩；长大后，也没什么朋友的概念，单纯喜欢一起玩，有了矛盾，不用打架，只要你有利益可图，一切都不是问题。别对朋友太多期待，要期待更多朋友，如是。

一个人一辈子会交很多朋友，其中不乏狐朋狗友；也有少年时代感情真挚的朋友，可是时间久了，有人掉队，有人越走越远，但真的再遇见了，平时端着的情感也会一下子决堤，止不住地往外冒，让烟挡酒的是他们，聊家事、聊心里话的也是他们。现在的孩子称这种朋友为老铁，我们那时叫发小。

发小王重出事是2018年，这一年我身上也发生了很多事。首先为了工作方便，赶着国家的新政策，我把户口迁到了天津，刚拿到户口本，就见天儿地满城看楼计划着买房；然后是感情，跟一位来自东北的姑娘因为两个家庭的矛盾，闹掰了；紧接着，一个大的影视项目黄了。项目黄了正常，受制于各种因素影响，可在感情上，我写了那么多赚人眼泪的言情小说，到头来觉得自己还是一个在恋爱上没能毕业的后进生，拉到生活的战场上面对真枪实弹，就显得各种捉襟见肘。稍稍令人欣慰的是，春末写的一部电影剧本获得了美国的一个剧本奖，琢磨着赶去美国休斯敦踩红毯，给中国编剧长长脸，结果护照卡住了，只能在心里默默幻想自己西装革履、意气风发上台领奖的得意模样了。然而到了10

月，我听到王重死去的消息，这个消息一度让我难以置信。我想起上次见他时，他已经成家立业，有了老婆孩子，我清晰地记得他当时的样子，大金链、浪琴表、昂首阔步，一副暴发户才有的光芒万丈。只是这一切发生得太突然了。

我和王重认识是八岁那年，我们是前后邻居，父亲们年轻时一起做过生意，上一代的感情也延续到下一代了，我和他有天然的默契。王重这孩子机灵，主意多，功课门门优，是老师眼中的三好学生。他这样出类拔萃的孩子，除了天生聪慧外，还很稳重，说来家庭对他有很大的影响。王重的父亲早年出外务工，去了一年，就没再回来，家里人给他父亲打电话，开始说工作原因回不来，后来他父亲就干脆交代了，外面有人了。大概是因为单亲家庭出身的缘故，王重从小就比别人早熟，家中的三个姐姐又格外疼爱他，于是，家庭所有的希望都落到了这个孩子身上。我清楚地记得，刚认识他的时候，这人和我认识的所有小伙伴大相径庭，见人三分笑，说话字斟句酌，偶尔还露出一丝成人的稳重与老成。尤其是那些一眨眼的工夫就冒出的主意，常常令我感到震惊。

王重和我在读书方面不分伯仲，性格也有相似之处，敏感、冲动、乐观，所以我俩成为铁哥们一点也不奇怪，只是他背负的责任多一些，因此显得有些心机，这一点常被那些嫉妒我们深厚友谊的人在背后利用，甚至有个家伙给他开出条件，要求他跟我"割袍断义"，转身投向他们的阵营，因为他有学习好、人缘好,方方面面都好的优势。那时候,家长们都希望自己的孩子跟好孩子在一起玩,受点好孩子影响,自己的孩子自然也会变好,反之,就会越来越差。那时候单纯的我还没想到这些。而王重没有妥协,他跟我的友谊在那时候是良性发展的。

王重常常教我唱当时最新流行的歌曲,那些电视台热播的电视剧的主题曲,他听一遍就能一句不差地演绎,那条上学的小路上,芳草茵茵,微风徐徐,每天都飘荡着我们悠扬而稚嫩的歌声。我们是学校最好的二重唱。每年到了期末演出,我俩都会在班里出尽风头,毫不客气地霸占别的孩子羡慕的学校明星的地位。王重还十分擅长下河抓捕鱼虾,那时候,对于农村的孩子来说,下河捕鱼是枯燥生活中的乐趣。当年,能在潺潺流水中活捉鱼虾的人会被孩子们视为英雄,而王重可以通过对周围地势水流的判断,每次捉鱼虾都收获满满。

王重有几件事让我很感动,记忆最深的是有一次我下河游泳,膝盖被碎玻璃片划伤,只能请假在家里躺着,王重就每天放学后到我家看我,每次来还都从口袋里掏出一些从零食包里淘来的小玩意儿,给我解闷。他还给我讲了很多奇闻逸事,讲得活灵活现,别看他年纪小,却博览群书,并融会贯通一些验证或未验证的天文地理知识,常常演绎成自成一派的脱口秀,他表演时生动活泼的样子至今令我记忆犹新。我很清楚地记得,那次他来看我,为我表演他在电视上新学的相声段子,一直到被前来喊他回家吃饭的母亲打断才作罢,他答应明天继续,朝我挤一下眼,然后意犹未尽地离开。

还有一次是跟爬高有关。北方的春夏之交,阳光灿烂,乡下的孩子调皮,田野里追野兔,芦苇里逮青蛙,爬树梢掏鸟窝,编草帽扮演《平原游击队》中的李向阳在麦浪间撒欢,总之,怎么欢实怎么来。不像现在城市里的孩子,有的就连麦苗和韭菜都分不清,眼睛里认得的只有游戏装备和零花钱的份额。那时候,我有爬过一些小树的经验,自认为赶上了那些坐在树梢上撒尿的高年级学生。

有一天,我当着一帮伙伴的面儿爬上一棵树。树爬了一半,脚下踩住的枝干脆生,啪的一声断掉,我就从树上跌落下来,重重地拍在地上,那种疼得要窒息的体验太痛苦了。伙伴们看我掉了下来,纷纷作鸟兽散,只有王重没走,他在一旁陪着我,十分冷静。我记得他当时为了让我忘记疼痛,居然将那天穿的四角短裤扯起来,扭着屁股模仿那些流行歌曲MV中沙滩女郎走猫步的样子。而我躺在地上,喘着粗气,笑得流出了眼泪,那些痛苦也在一瞬间烟消云散。这些年遇过不少窝心的事儿,哀伤过,感动过,心碎过,但真正逗我笑得开心的人没几个,那些充斥在生活中的庸俗的哗众取宠的笑料,笑完往往连自己都觉得有些尴尬。

王重带给我的笑,让我深深怀念。

我跟王重的友谊从小学一年级持续到五年级。那真是美好的日子，我们一起上下学，一起写作业，穿镇上同款的廉价衣服，学动力火车《还珠格格》片头曲飙高音，老师布置的题为"我的朋友"的作文，我们都是相互写对方，不了解我和王重的人会觉得我们写的是同一个人。那个落后的村庄带给我们的是四季轮换的农活儿和日复一日的枯燥生活，但我们的理想却越发地光芒四射。王重说他长大要做一名影星，我说我要做一名歌星，我们要开跑车，要住豪宅，要做有头有脸的人……那时候的梦想简单而粗暴。只是每当下学期的学杂费要缴纳时，王重仰天大笑的样子就会仿佛突然被某个声音喝住，阳光灿烂的神情马上变成耷拉着脑袋的模样。王重被迫想起，他是一个单亲家庭的孩子，那个父亲会不会有一天回来？他不确定。

我是很久以后才意识到王重与我不同的。比如他会隔三岔五地给那个几乎没印象的父亲打电话索要生活费，但通常都是失望地结束通话，全家人不得不自食其力，忘记有这样一个男人的存在。但听老人们说，这孩子骨子里还是认同这个父亲的，盼望着他的父亲某天归来。父子团圆的场景无数次在他的梦中上演。

事实上，那个离家出走的男人早些年曾回来探望过，一家人对他客客气气，这样一个看起来斯文礼貌的人，居然可以抛家弃子，心如钢铁，背后到底发生了什么，没有人清楚。还有一次我和王重在自习课上传纸条相互埋汰，他机灵诡辩，激怒了我，我回复说："你爸爸去了哪里？"玩闹就此打住，仿佛无数的欢笑和轻松突然被抛入黑暗的深渊。我后来觉得自己有些过火,心里也很不好受。再后来,母亲告诉我,有一次王重全家去给别人家有偿干农活,回来没躲过暴雨,王重被淋了个落汤鸡,回到家里号啕大哭,那是他第一次因为生活而哭。这样的画面在我们相处的年岁里,我却没看到。那个年代的孩子都太苦了。

我以为我会跟王重做一辈子的朋友,至少那时候没想过形影不离的我们有一天会形同陌路。在那个有点破落的小镇,我对友谊的幻想像蒲公英,等到时机成熟,风一吹,所有的繁花似锦便四散破碎了。2000年,王重突然与我不再走近,那一年,我的生活一下子从绚丽多彩变得灰暗,头顶冒出白发,成了一个沉默寡言的孩子,这与他有关。

很多年后,我依然无法找到他背叛我的原因。只记得他突然拒绝和我一起上下学,在学校不再同我说话,看我的眼神也变成了蔑视。他甚至在背后和别人一起说我。我试着去寻找线索,伙伴私下告诉我,你们经常在一起看录像带,玩物丧志,影响了学业,他的母亲感到了危机,老太太认为,长期下去,对这个将来要为她前半生的苦痛翻盘的孩子是不利的。还有人告诉我,他被那一帮已经开始偷偷抽烟的小孩胁迫,逼他远离我,和他们做朋友。小孩的世界多了钩心斗角,便失去了纯真的友谊,让人一时无法接受。直到前几年,我在研究心理学课程时,似乎找到了一些答案。一种是,这样的孩子天然就认为背叛是生活中的一部

忆发小 077

分,因为曾经有人这样对他;而另一种,我认为可能是有一次我和同班同学打架造成的。那时候,我是学校老师眼中的红人,因为某个无聊的原因,我跟邻村的一个捣蛋学生打了一架。那场架是突然而起的,我来不及招架就败了……我被打败的消息不胫而走,于是引起了部分学生排斥我。他们认为我惹麻烦了,我是弱者,跟我在一起会让他们受牵连,几个孩子因此疏远我,当中就有王重。后来,那个捣蛋的孩子被王重他们组织起来殴打了一次,就转学走了,而这帮孩子也彻底排斥我了。

最令我意外的是,王重把在我面前展现的那一套"送给"了别人,而我则成了他攻击的对象。有一次放学回家的路上,他跟那帮孩子一起,威胁我把他送给我的东西还给他,从此各不相欠,各走各的路。王重让我第一次认识到了人性的复杂,他令我失望透顶。我不喜欢欠别人的,于是,我把东西还给了他。从此,一直到初中毕业,我和王重没再说过一句话。

后来读高中,我们从乡镇去了县城,外面的世界与家中不同,来自各地的孩子混杂一起,俨然组成了一个更大的社会。住在宿舍,我跟舍友关系良好,夜里弹吉他,聊姑娘,白天顶着黑眼圈在班级上课,新的生活让我渐渐忘记了当年的阴影。那几年,我和王重见面的机会很少,只知道他在一个不太好的高中读书,成绩下滑,少年时代的聪慧在高中阶段统统消失,暑假在老家,我们偶遇过几次,依然是形同陌路,但我发现他比以前沉默寡言多了。随着年龄的增长,他受过不少打击,直到渗透在他平日的神情里。一直到高考那天,我在校门口遇见了他,他又黑又瘦,颧骨凸起,聪慧而狡黠的眼神被沉重与落寞取代。他已经不是少年时的王重了。这之后,就听说他落榜了,勉强读了一个专科,边读书边打工;再后来,听说他在郑州做了一段时间的物流,但做得不顺,吃了不少苦,还把身体累出了好歹。他这样的孩子,虽然是苦出身,但在家里也是被几个姐姐宠着,哪里真正干过苦活累活,干那个肯定吃不消。我后来几年回家过春节的时候偶尔见过他,那会儿他的神情已经变得黯淡,板寸、皮鞋和黝黑的面孔,胖了不少,儿时那种机灵古怪的模样消失了,乍一看就像一个过早老去的年轻人。有一年在祖父家过年,他来拜年,我们遇见了,他主动跟我打招呼,我们寒暄了几句。他拿出香烟,让了祖父一根,给我一根,我那时候大学还没毕业,没敢接,尤其不敢当着祖父的面抽烟。在此期间,祖父断断续续地问了他几句工作上的事情,他慢吞吞地回答,说想考公务员之类的,毕竟做物流这件事不长久。

那次见面之后,我对他的消息也只是偶尔从乡里邻里的口中得知,知道他给他父亲打了几次电话,闹了矛盾。又过了一段时间,知道他高中谈过一个女朋友,女孩父亲是那所高中的老师,后来去郑州读高职而致两人分手,闹得挺不愉快。但好像两人并未忘记对方,纠缠了一段时间,终于他回到老家县里工作,长达五年的恋爱再次旧情重燃。他考取了公务员，去基层工作，听说每天早上天不亮就赶公交去打卡，在单位又被同事各种不待见，还经常下乡解决民生疾苦。虽然工资不高，但他觉得希望满满，毕竟不用再遭人白眼，因为有了工作，就有了稳定的收入，就可以去女友家提亲。他女友的家境不错，人毕业后直接进了公安局工作。王重八面玲珑，嘴皮好使，踏实能干，很快就俘获了老丈人的心，没过多久，他跟他女友就结婚了。

王重结婚前一年，他姥姥突然去世了。在我的印象中，老太太长年累月坐在那套黑色皮质的旧沙发上织毛衣、掐辫子，像一尊佛。听说老太太家里以前也出过一些变故，从云南辗转回到了河南老家，住进了闺女家，一直到生病去世。老太太待人和气，活得通透，早先王重受到的良好教育跟老太太分不开。她的所有期许都落在王重身上，即使后来病了，也是硬抗，就盼望能亲眼看着王重成家立业。但老太太没等到，她去世后第二年王重才结婚，老太太一辈子想看到的场景来迟了。我不知道王重当时是怎么接受这个结果的，当事人往往比旁观者更痛苦。料理后事那天，王重找到我父亲去帮忙主持张罗，据母亲说，他的眼睛是肿的。

王重结婚那天我正好考驾照回到老家。认识王重那么久，第一次见到他们全家人喜气洋洋的样子。他母亲脸上长年累月的皱纹在那一天被爆竹和祝语冲淡，他也西装革履，透出一副即将成为人生赢家的自如与潇洒。人人都在说他母亲终于守得云开见月明，孩子有出息了，以后就光享福了，他母亲一个劲儿点头，那真是一个一辈子挣扎在苦海边缘的女人看到希望后的坚定。后来，我得知他和女友是奉子成婚。坦白地说，看到他捧着塑料花坐上汽车去接新娘子的那一刻，我打心底为他高兴，毕竟当年我们之间有过那么纯真的友谊，彼此深深感受过对方的痛苦与欢乐。

再后来见到王重，是在祖父去世三周年的忌日上。炎热的8月，来了不少祖父以前的同事和领导，唢呐吹得凄厉而嘶哑，亲朋抬着放有祖父遗照的木桌上坟，神情肃穆哀矜。我跟着人群往前走，心像是被掏空了，仿佛祖父昨天还与我谈话，突然就生死相隔，像一场不真实的梦。那天，王重也来了，戴着金链子、浪琴表，穿得也很时髦，处处彰显着阔气。我有时候会想，他有些像鲁迅笔下的闰土，只是与闰土不同的是，闰土被生活击败，甘为生活的奴隶，而王重则战胜了生活，成了生活的强者。但快不快乐是另一回事。忙完祖父的事，几个伙伴聚在一起胡吹海聊，王重走了过来，神情很自如，说话的底气很足，眼睛中多了一些不屑。我们遇见了，并未多说什么，为了避免尴尬，我转身走了。后来听伙伴说，王重的母亲帮王重看了一段时间孩子，等到孩子学会走路，母亲又被送了回来。听说他在单位很吃得开，在挤时间参加考试，盼着立秋能在领导的推荐下进司法单位工作。

后来又听说他的老婆很能干，在公安局混得如鱼得水……命运给王重重新洗了牌，往后他拿到的花色，都是他想要的。风水轮流转，转到他这里，也不奇怪。

听到王重出事的消息是在2018年，母亲打来电话说，王重出了车祸，死了。

我听到这个消息，脑子嗡的一声，不敢相信。我抬头望着前方，似乎看到那个清秀的少年远远地朝我走来，说我们去上学吧，我靠近过去，他突然眉头一拧，走开了。我大汗淋漓地醒来，喘着粗气，半天没缓过神来。看着母亲拨过来的电话，明白这一切都是真的。

听母亲讲述，王重如愿以偿地进了镇上的某单位，晚上请一帮老领导老同事吃饭喝酒，喝到凌晨。他将领导们一一送上车，然后和一个要好的同事在昏暗的马路边吹嘘，这时他看到另一个同事在马路对面等车，喝得五迷三道的他想要穿过马路去对面跟人家握手。漆黑的马路，突然疾速驶来一辆卡宴汽车，结结实实地撞在他的身上，将他撞飞十几米，当场人就没了。后来调查说，那司机没有驾照，晚上借朋友的车子飙车。听过的人都不住地唏嘘，说太可惜了，人生处于最好的时候，生活却没有多给他一点享受的机会。

出事的第二天，父亲跟村里的一个叔伯去太平间看他，母亲也陪同王重的母亲进去了。据母亲说，阴暗冷冽的冷冻室里，王重躺在一张铁架床上，已经看不清模样：一条裤筒扁了下来，左边脑袋塌了下去，四肢不全的他失去了往日的光彩。王重的母亲哭得声嘶力竭。那些天我也一直在做梦，梦中有他，他向我诉说，向我走来，又踯躅地离去。我想他是在托梦，或许他在那个世界，想起了少年时代的我们。

　　王重的葬礼我没能参加，那些天我整日地开剧本会，开完会，就是没有尽头地修改剧本，让人身心疲惫，感慨写字的人都是拿生命来赌的，不知道哪天会因为极度兴奋或者极度沮丧而猝死。过后，我又零零星星地听到一些关于王重的消息，比如，在他出事之前，他父亲时隔多年竟然回到了县城，做一些小生意，隔三岔五地会去找他，具体因为什么不得而知，他为何会原谅他的父亲更是不得而知，只是他老婆似乎对此成见很深，还说两人为此闹得很凶，于是有人猜测那天晚上发生了这样的事，是不是也和他内心的挣扎和痛苦有关？这个恐怕只有他自己心知肚明。他为什么会经历这样的变故我不了解，但有人觉得他确实跟别人不一样：有时候，他会突然从急速行驶的车上跳下来，抛下自行车，令车子飞速撞向墙面；偶尔，他抽烟抽到呕吐，会瘫在地上用手将燃烧的烟蒂掐灭……这样的他我是没见过的，失去关爱的孩子会认为不值得被爱，生命在他眼里是一个没有价值的经历。对于他来说，无下限地挑战自己的极限，是当年父亲一走了之给他心中留下的暗伤，每次发炎，他都会用更激烈的方式来麻醉自己。岂止王重，一些孩子割腕、跳楼等，背后的原因大多是有一个破碎的家庭。王重成长中心理改变的原因我找到了。

如今王重已经去世一年多了，形同陌路的十几年来，我常常会想起他，想起无数个落日的黄昏我们背着书包走在回家的路上，想起他在昏暗的房间里表演的精彩的脱口秀，想起他瘦弱的脊背、耷拉的脑袋和沮丧眼神中突然划过的一道明亮的光，想起我们互相起外号埋汰对方，想起那个下午的黄昏，想起我们单薄的青春。甚至，我有时会不由自主地恨他，恨他让我惧怕社交，性格孤僻；恨他当年要那样对我，让我彻底失去了对朋友的信任。原生家庭管感情，童年经历管事业，王重无疑影响了我对朋友的定义，很难说他不是我成为一名写作者的因素之一。但我不能去怪他，他是踏着一条泥泞不堪的道路来到人间的，在落后的年代和贫瘠的土地，他被命运发了一手烂牌，他想要打赢，只是他没想到后面还有一副更烂的牌在等着他。

2020年，我回到老家，听一个邻居讲述，王重在出事之前据说和他老婆闹得不可开交，还去了民政局，离没离婚不清楚。

爱情分子

没有谈过恋爱，就没有发言权。谈过恋爱，发的言也不一定对。"当局者迷，旁观者清"，这话唯有在爱情上是不准确的。爱情是什么？在我看来，爱情就是"若到江南赶上春，千万和春住"。三分天注定，足矣。

爱情的本质

人生下来是不知道爱情的,就像不知道死亡。长大后,很多人对爱情和死亡,都没信心,因为他们没人知道个人基因的奥秘,也没有人清楚你和一个人混合着温暖与矛盾的状态该如何定义。

爱情和婚姻有关系,现在的爱情一般是婚姻的前奏,爱情和婚姻不仅可以同时进行,不少人还先婚后爱。

千百年来文人孜孜不倦地写下不少爱情故事。生活中的爱情却大多不如意,除了人生而自私的本性作祟,其实美好的爱情近乎是一个伪命题,很少有一辈子不吵架的夫妻。

人类的爱情并非只为达到交配的目的。一般情况下,爱情更委婉,夹杂了很多曲折的感情,模糊了人类原始目的,人类很享受这一点。

人的情感像一台打字机,外部环境是打字员,环境给了它投射,它呈现出来的东西各具特色。于是,每个人的爱情都像一部电影。一个人情商的高低与他的智慧成正比，与缘分无关，那些富有情商与智商的家伙总会给人类爱情的事业增光添彩，他们定义了爱情的最高规格。

人与人之间可因某种共同点或不同点相互吸引，有的会成为伴侣，之后顺从生活的规律，慢慢丧失个体的鲜明特征，走向相互温暖、相互制约的情感模式。

爱情的乐趣在于人类对异性的探索与对自我本质的开发，它是文化的一部分，也可以说是最精彩的部分。

人类对爱情的赞美千百年来从未间断，宗教、哲学、科学都在试图解析它，乐此不疲。它是一个永恒的话题，是人类最复杂的情感，探讨它就像探索无穷的宇宙一样，没有尽头。

对于爱情这件事，我听得最多的是宿命论：始于缘来，灭于缘尽。但你尽力探索，会发现每一段缘来缘尽的过程都有改进的可能。但对多数人来说，一旦爱情出现了问题，如果不涉及婚姻，就会在失望之际选择放手。如果运气不错，两人合得来，就归结于默契。然而，我认为默契是一种最大限度的自我开发，在这份感情中，人的特点得到最大的认可，创造价值和获得价值甚至是毁灭价值的能力从未在任何一件事中表现得那么明显。

我意识到，如果我和一个人谈恋爱，要是对方只是让我变得顺从，按部就班地生活，我就会非常不自在。我认为爱情一直保持美好是十分困难的，需要两人在每一个阶段克服不同的挫折，这种挫折还不能以毁灭自我来实现，它要最大限度地开发人的主观能动性，尽力捍卫自我，突破自我，实现人本身的极大飞跃。在这飞跃之中，你能够得到自我成长的提升，也能因此获得被认可的快乐，这是爱情的美好之处，它是推动人类走向更高级的最有力的工具。

复　制

我有一个朋友，工科出身，长得高大英俊，会写诗，能踢足球，出口成章，嘴上都是段子，为人热忱，跟他相处起来让人觉得很轻松，这样的人在大学时代很受欢迎，他也谈过不少女友，但都因各种原因分手了。毕业后，他依然个性鲜明，在工作单位很受领导重用，受同事欢迎，收入不菲，几年后便买了车买了房。唯独感情一片空白。有一次他跟我喝酒，我觉得十分诧异，像他这样的人如果还单身，那一定是哪里出了问题。后来，我们隔三岔五组局，我才渐渐明白了问题的本质。

这个朋友前几年认识了一个姑娘，年龄比他小，性格开朗，长得漂亮，也有不错的工作，两人算是一见钟情，相处得很和谐，彼此之间又能发挥出各自的长处，但没过多久，问题就来了。两人不能谈未来，不能谈婚论嫁，彼此都抱有成见。姑娘认为我爱你,可以和你一起赴汤蹈火,但你不能不给彩礼;朋友认为我爱你,但你不能张口闭口都是钱。两个人只要讲到结婚这件事,统统变得讳莫如深,完全将爱得死去活来的那一套抛诸脑后。明明两人条件都不差,却在这件事上一副冤家路窄的模样。有一次,朋友因为姑娘说她上班累不来赴约了而生气,话题直接尖锐化,更撒谎说自己没车没房,结婚可能要推迟。女孩一听就不乐意了,表示也不是非要这些,但如果没有好像就是对自己不尊重,对社会习俗不尊重。朋友继续对女孩循循善诱,让她抛开物质地去爱他,但结果令他很失望。可以说,他用自己的手段,成功让一个合格的恋人变成了一个物质的姑娘。这种考验让姑娘十分生气,忘记了在一起的灼热火花,没过几天连分手都没说就没联系了。

听朋友说完,我觉得他很愚蠢,他不该试探女孩,因为人性经不起试探,更不该认为婚姻跟爱情有任何的关系,我对他骨子里还存在着的偏激意识感到不可思议。我建议他不要对世俗抱有成见,况且有车有房,为什么还要这口气?

又过了一段时间,我和他在北京三里屯喝酒,发现他仍旧单身,且十分焦躁和敏感。问他原因,他说他相信缘分自有天注定,他只需静待那个人出现就行了。话说得很轻松,但他的脸上一点也看不出轻松来。我当时觉得很无语,不明白他那么聪明的人怎么也开始相信什么"终会遇见你该遇见的人""爱情最后是亲情"这类教化世人的鸡汤。我建议他不妨刻意一点,比如网恋、参加派对，甚至相亲也没关系，只要记住你要找的是爱情不是婚姻就行了。但他不，他觉得那完全是在交易，甚至觉得相亲是一件很丢脸的事情。但他这样的年纪和紧张的工作时间，他平时能看到的女性基本只有单位里几个已婚的女士，这么等下去，根本没有什么对的人会出现。我说你可以试一试，失败了没关系，最起码你争取过机会。后来，他大概实在熬不住一个人战斗，咬咬牙通过某种渠道参加了相亲组织，见了几个不错的女孩子，但遗憾的是，统统无果而终。

一次喝酒，我问他何苦如此，他便把每一次的经过十分透彻地分析给我听。我基本认同他的判断。我最后只是问他，有没有通过这些方式找到略有心动的女孩？这些人海中用特殊方式择选的女孩其实也挺适合他。他沉默片刻，啜口酒，点头承认有一个姑娘他确实很喜欢，可以说是重拾校园恋爱后的那种遗失很久的心动的感觉……我试图劝他，但他显然已经被成见淹没了，根本听不下去。他完全受不了自己变成一个相亲的剩男。他固守着缘分天注定的鬼话，将这种认识异性的方式完全抛弃，继续幻想爱情如小说里的那样，不期而遇，又如上天注定般让人欢喜，遇不见他就选择继续单身下去。更要紧的是，他认为我很啰唆，纯粹是爱看他笑话，我再约他出来喝酒时他直接关了手机。

又过了一段时间，他变得很颓丧，没有女人的优秀男人就像是一件从来得不到熨烫的高级上衣，我看到他身上大学时代的光彩在消失。他告诉我他和大学时代的女友搭上了,两个人异地,都单身,都想重归于好,可见了几面,吃了几次饭,相处没多久又不行了。他还说那天送她去机场,两个人都没挽留对方,最后又因为什么双方在机场破口大骂甚至动手了,以前的种种美好简直是一场自欺欺人的笑话。我叹息一声,这又何苦呢?他说他和她已经具备了结婚的条件,谈得也很愉快,就是一看到她想到的都是当初的自己,好像跟现在的自己判若两人。我说你不要想得那么完美,你跟她在一起开不开心最重要,你又去放大你们之间的问题,结果当然失败。

忘掉你那套爱情缘分论吧,没意义,我提醒他。

他马上跟我强调什么破镜难圆,什么好马不吃回头草,什么过去分手的原因会成为以后分手的引子。我看他抱着一堆不知道哪里拿来的成见去看待这段关系,断定这段关系根本没可能良性发展。回去的路上,我想,他其实可以试着问问自己是否心动。如果心动了并且还能在这份感情里得到愉悦,那就是一段上乘的恋爱了。但他不愿意想这些,满脑子都是那些成见带给他的恐惧。他结了一层壳,一层由社会太多复杂信息结成的壳,以至于让这样一个当年在校园里最懂爱情的人变得如此糊涂。这实在是太不应该了!

再后来,高中时代的一个同学给他介绍了一个姑娘,人很不错,他也很喜欢,基本满足了他的要求:人漂亮,情商高,有车有房，又特有自知之明。他和姑娘同居了，可没过多久又分开了。我们很纳闷，就问他又怎么了，他很委屈，说两个人在一起没火花。我很气，问他是不是想结婚，他说想。那人家有房有车，条件具备了吧？他点了点头，然后马上接着说，这个不是必须有的吗？我顿时语塞，然后继续问他，那人家姑娘是不是挺漂亮？他点了点头说，我从来没想过要找一个丑女结婚。我接着问，你跟她在一起不是很快乐吗？快乐还不够？他支支吾吾地回答说，是很开心，但好像并不浪漫，她引不起我心动的感觉，根本没产生爱情的火花……我没话可说，因为当初他在我面前说，只要对方有工作，知冷知热，沟通交流没问题，哪怕长得一般都行。我问他，怎么现在又变卦了？谁知他还理直气壮地说，这些条件她是全达到了，可她身上有的方面没有达到我的期待，所以不行了。我"大彻大悟"了，他是在天平上不断加砝码，不断扩充欲望；他不是不够爱，是不够有信心，他努力将那些缺点放大，引火到身上，然后才觉得踏实。

后来想想，这个朋友的感情经历不难理解，他复制世俗的成见，粘贴运用到自己身上，于是，总是努力地去寻找一段关系中的漏洞，却从来不去关注这段关系中最耀眼的那一部分。所以他注定要被世俗吞噬。然而，最终他还得反过头来感谢世俗让他长大，成为一个真正意义的男人。

孕 育

　　一个准确而接近完美的对象一定是在一千个甚至更多的异性中发现的，多数人没有时间，也没有这样的精力，即便有这样的精力，也会用一开始抱有的认知定义对方，这就需要明白自己想要的是什么样的人，然后最大限度地扩张认识的能力。从这方面看，大型的相亲活动是人寻找合适伴侣最佳的方式。但要明确的是，你要找的首先是爱情，然后是婚姻，还必须明白爱情是可以转化为婚姻的，这是完美爱情诞生的条件。它并不是通过改造得来的，先天的因素占更多。

　　终于在人海中找到三观、兴趣和外貌等条件全部中意的人，下一步就是孕育，最大限度地将感情的格局变大。古人讲的先成家后立业是有道理的，有了爱情才能有更多，爱情让人充满战斗力，充满创造力，没有什么比一份爱情更能让一个人尽快成熟、精明和出类拔萃的了。因为人本质是一个能动的机器，它需要的燃料是情感，情感的满足让人面对世界展现出自信与态度。很多人认为婚姻毁灭了爱情，那是因为他们在婚姻中盯着芝麻忘了西瓜，忽略了技巧的运用；恋爱时需要技巧，技巧可以让你事半功倍，婚姻里其实也需要技巧，这些技巧能让你的眼界变得更宽。但很多人失败了，畏惧了，慢慢被另一半塑造成自己讨厌的模样，他们把那归结于运气，认为凡事都靠运气。可是对每一件事进行深究，又会发现那些错误完全可以避免。他们需要明白，人的一生中其实运气无限，机会无限，只是不能在无限的机会和无限的运气上无限地犯同一个错误。他们需要在爱情这件事上，明白它是一切发展的原动力，需要在闲暇的时间把它当作一门功课去研究，探究需求，探索技巧，然后实践。这样就会发现，它其实不是一个可有可无的东西，而是人生命中最重要的存在。

对我来说，随着年龄的增长爱情越来越重要，本质上所有的生存技能就是一句"我愿意便可以解决，只要你愿意你可以干掉一切对手"，但前提是你心甘情愿这么做。它是为了什么，我觉得它可以为了爱情，为了爱情生出的璀璨火花，它让我渐渐变得智慧，与外部环境打成一片，知道人本质上需要认同和理解。所以为此，可以战胜一切不完美，在爱情这件事上竭尽全力。

我越来越讨厌人对感情这件事的蔑视，消极地投入，然后消极地过一辈子。他们明明知道自己可以更好，知道自己喜欢什么样的人，却不去寻找，在年岁的增长中乐呵呵地结束了本来不错的发展。当他们失败后，他们会将这一番言论传递给下一代，形成一套理论传染给社会，还将其美化为"脚踏实地，什么年龄该干什么事"的荒谬理论。稀里糊涂地过一生，看似快乐，实则愚蠢。

造 血

我觉得人在很多事情上是无能为力的,比如事业,它是一群人的通关游戏,一个人的崩塌,就能导致集体队伍的溃散;比如喜好,一个喜好在另一个新的喜好面前可能会被掩盖,失去旧日的趣味;唯有爱情,它具有造血功能,能不断造出新鲜的快乐和新鲜的希望。

一个人生下来就有了对爱情的憧憬,这世界上有那么一个人能让他充满快乐和幻想,日后遇见的不同的人也都是同一人设,只要全身心地去寻找,就会发现,只有那个人才让他的世界更完整。

落脚的地方

　　小时候住过的房子,也是家庭成员的一部分。它们不存在了,那些童年的笑声也随着一起走了。怀念收看黑白电视节目,摇着蒲扇,啃着西瓜的时光,日子就像是被按了暂停键。而现在生命早已变成快进键。向前看,一马平川,毫无风景;向后看,泥泞小道,处处生机。

我经常做一个梦,梦中我回到了小时候,沿着那条走了近两万次的乡间小路上下学。

那个家是我一出生就有的,堂屋青砖青瓦,黑漆榆木门,屋前矗立一棵小蘑菇伞似的松树。上学前,父母睡正房,我和哥哥睡厢房。夜里下大雨,有三十多年房龄的房子就会漏雨,爸妈就跑过来用瓷盆接雨水,叮叮当当的清脆声,至今令我心有余悸。老堂屋是爸妈结婚时建的,是北方典型的瓦房,不知道最初的装修是怎样,自我记事起,窗户左侧墙壁就贴着一幅县城地图。堂屋正中央是父亲从集市上淘来的"禹王锁蛟"、"王宝斩蛇"和"五老观太极"的国画,笔法大胆,活灵活现。当时看不懂,只觉得画中的人物造型奇特,表情夸张。我的画家姐夫第一次来我们家,见到那几幅画,便指出它们不过是江湖画家的唬人之作,根本就经不起推敲。而父亲则不这样认为,他说这几幅画寓意深刻,耐看!如今来看,与当时那些贴满香港武打言情剧的贴画的邻居家相比,父亲的品位显然是超前的。

家中后建两间东屋,是在我六岁那年。一间是厨房,有灶台那种,进门能看见淡绿色的纱窗橱柜,紧挨着的是实木案板、蜂窝煤炉,熏黑的屋顶有着一天冒出三次炊烟的烟囱。少年时代里印象最深的,是每天放学回家,抬脚进门,看到母亲在灶台做饭,一旁卧着那只夜里常常钻我被窝的猫,墙上贴的是我用不同颜色的粉笔歪歪扭扭地写的诗和歌词。那样的画面,就像是发生在昨天。厨房旁边是我和哥哥的卧室,姐姐读初中很少住家里,但那房间都是她布置的,四面墙贴满港台明星的海报,一个橘白相间的纯手工写字台放在中间,左边靠墙立着柠檬黄的三层书架,摆满了姐姐搜集的20世纪七八十年代的杂志和资料书,抽屉里整齐地列着姐姐的一些首饰和小玩意儿,还有一些当年别人写给她的书信和磁带等。

那些书信曾一度被我偷看,我怀疑她有早恋倾向,发现一些蛛丝马迹,便跑去告知母亲,为此挨了不少姐姐的追打,后来她买了挂锁,将重要物品统统锁了起来。很长一段时间里,我为找到她的钥匙感到一种莫名的窃喜……

院子外是一片空地,之前是打麦场,有石墩和草垛,后来这片空地被父亲用红砖围了起来,开垦种植了各种瓜果蔬菜。夏天很热闹,小伙伴们在父亲搭建的瓜架下打扑克、下象棋、听录音机、打闹追逐,萦绕在鼻间的是植物的辛辣气息。父亲那些年事业不太顺,经营的企业业绩下滑,为了排解失意,他种起了蔬菜,每天在烈日下埋头培植。直到后来砖窑厂建起,他摇身一变成了总经理,脸上才重现早年的意气风发。

关于老家的记忆太多,这些年一失眠,童年的那些场景就十分鲜活地浮现在脑海,那架骑过的三八大杠自行车,那条常年迎接我放学的狗,那些村子里遮天蔽日的树木,还有夏季孩子们都踮着脚去采摘果实的葡萄架……那些笑的、哭的、打闹的、聊天的、静默的情形,最终在2007年彻底消失——老屋被推倒重建,从此这座从父母结婚一直到我们读了高中还健在的老房子消失了。那一年,姐姐买了数码相机,拍了很多自以为惬意的风景,却唯独没给这座老房子留下一张像样的相片,多少有点遗憾。

老房子消失那年,我考上大学,姐姐大学毕业,而哥哥到了结婚年龄,通过相亲他与和他性格相反的女人订了婚。后来,一座二层楼房在原来老房子的地方拔地而起,而老家具被运到了当年父亲的工厂。新的砖房、新的家具、新的气息、新的人、新的事,将过去取而代之。家里突然多了个人,两个家庭变成一个家庭,处处不得不谦让、小心翼翼,时间长了,我和姐姐就觉得心里有负担,我们明白自己性格耿直,为了避免矛盾,除非逢年过节,一般我们很少回去。直到2020年,小侄女出生,父亲当了联村书记,他和母亲合计买下了一块村里比较开阔的地皮,要建一座新房子,我才想起过去的那些记忆或许能重新拾起。而父母的理由很是简单直接:我——他们的小儿子年过三十,未婚。他们理解为我因为没有住处,居无定所,所以没有女孩跟着我。他们害怕我单身一辈子，甚至他们会拿村里那些老大不小的光棍汉与我相提并论，为此他们还常常深夜忧心忡忡，患上了失眠症，并笃信我在外面混不下去了有一天还会回来，如此便有一个落脚的地方，不至于太寒酸。对此我很无奈，很多次我在写稿子时，会被他们打来的语音电话打断，我不是不爱同他们聊家常，而是他们通常是先铺垫很多家庭琐事，然后话锋犀利地转到婚姻上，三句话之后，我们必然意见相悖。于是，在他们彻底发怒之前，我只能选择生硬地挂断电话。一家人有时候就是这样，因为相亲相爱而导致话不投机。

父亲和母亲要建这座房子的决心很大，姐姐鼎力支持，她认为问题也不全是我老大未婚，母亲和嫂子之间性格不合也是关键，为了减少矛盾，必须分开住。母亲这些年吃了不少哑巴亏，在姐姐看来，母亲为了儿子妥协，甘愿成为儿子家里的保姆是不对的。所以，她的意见是尽早动工，越早越好，最好春节回家就能住进新房子，不必因为照顾一个人的感受而委屈一家人。我们家人就这样，做事情向来风风火火，于是说干就干。7月初，父亲画了平面图，勘察了周围的地形，定了施工队，着手打地基、拉砖、订购水泥，如此过了一段时间。一天，母亲用微信给我发来照片，我点开一看，是新房的雏形，我不禁眼前一亮，被这个即将成形的院子所吸引。这片院子的地皮有三百多平方米，前方小路对面是宽敞的河塘，右边临近村里主干道，最重要的是四周并

落脚的地方　101

无密集住宅，显得视野开阔。我问她，这么大的地皮圈起来，是不是要留出前后院子种植蔬菜瓜果？母亲否认此说，只建一个标准的小院子，其他的空出来，以后我结婚住进去，哪天和他们相处不来，赶他们出门，他们好在这片空地上再建一栋房子单独生活。她的理由让我很无语，他们这样想我，也让我很难过，难道世上的儿女都是结婚了之后必须与父母背道而驰才能过得下去？她解释说父亲向来这样，凡事留后路，爱孩子，可是无法真正信任孩子，或者无法信任成家之后的孩子。他的话不是完全没有道理的，很多家庭都是这样，在孩子没有结婚之前，父母的话都是金科玉律，等孩子有了老婆，只听老婆的，与父母的感情就会扭曲，甚至发生冲突。父亲认为这是人之常情，所以他理解并且留出解决的余地，我只能被动地理解。

　　房子一天天盖起来，他们催婚的频率也变得密集起来，我为他们成为千千万万个俗套的父母感到灰心，以前他们不能正大光明地催婚，因为他们知道我居无定所。但现在有了住处，虽然不在城市，但至少有了底气，就旁敲侧击地问我是否有了眉目。当然，也怪我，有一次我喝酒之后，跟他们语音聊天，说到了婚姻，我就说现在的姑娘很现实，感情是建立在房子车子的基础上的，如果我有了房子，哪怕很小，大把大把的姑娘也会扑过来……当时我也是意气用事，这么一说，他们就当真了，就把房子作为换来儿媳的客观条件。于是，就有了他们说什么也得把这处院子给建起来的决心……不过，这件事用姐姐的话来说，完全不是那么一回事，姑娘们现实是真的，姑娘们有判断力也是真的，不会有人真不在乎你一无所有，但真正在乎这些而嫁给你的姑娘恐怕也不是大多数。所以，关键还是人要积极向上，要有男子汉气概，进而数说我表现得比较差。我狡辩说，从初中到现在，追我的姑娘数不清，没一个说我缺乏男子汉气概，这是在挑刺儿，想借机讽刺我。

总之，在她眼中，我的问题不少，却浑然不知。这种状态，遇上姑娘，根本用不了几个回合就输掉了。

但我心里清楚，房子也好，父母也好，姐姐的中肯建议也好，都是无关紧要的。重要的是，我必须告别二十岁那种"一人吃饱全家不饿，一心想着自己"的生活态度，我已经年过三十了，必须在道德伦理和年龄对我的催促之下做出妥协的准备。但很显然，因我从事的职业以及常年形成的城市寄居者的习性，无论从哪一方面来说，我都无法返回故乡重新过几十年前的生活了。换句话说，我必须自力更生，更全面地养活自己，找不找姑娘都得游刃有余才行。那么话又回来了，如果要找一个合心意的姑娘，那么在这座城市买房子是必不可少的，这已经是约定俗成的规矩了。

可是回想过去，从我大学毕业来到社会，租房子便是事业奋斗的一部分，我在北京石景山和女友同一对夫妻合租过一套十几平方米的房子,后来为了过上更好的二人世界,并且远离北京城区,我和女友搬到了燕郊居住。在燕郊住过九十多平方米、出门便是花园的高档小区,又因为各种原因,搬过其他几个不同类型的小区……总之,我同千千万万个北漂青年一样,不得不在租房的前提下投喂梦想、许下愿景……后来我和女友分手,在燕郊失魂落魄地过了一段单身生活。姐姐担心我一个人太苦,"勒令"我搬回天津。我来到了天津,在他们家借宿了半年后,再次搬出来自己租房子……算下来,在那经历过无数次搬家的租房岁月中,买过不少看起来很有用的生活用品,但全部在搬家时丢弃了,剩下的只不过是几件常穿的冬夏衣服和一摞摞读了好几遍的书籍。除此之外,像那些在北京谈过的稀奇古怪的项目,见过的各种各样的人,都慢慢消散在苍白的岁月中……

2020年的一天,我突然决定在天津买房子,在这座城市安家。首先跃入脑海的不是尘埃落定,而是一种强烈的不知所措。我习惯了流浪生活,突然安定下来,反而觉得有些疯狂。买一套房自住,有钱可以买第二套第三套。其实租房还是买房跟你的梦想和生活关系不大。但姐姐则认为,买房是唯一证明能配得上这座城市的理由,才有条件让姑娘与你长相厮守,这是客观而冰冷的现实。这实在是太扯了,我很不屑,对我这样一向笃信"有情饮水饱"的文艺男青年来说,如果房子是我将来的另一半考虑和我在一起的条件,那么这房子我情愿一辈子不要,那是对我这样一个这些年写了如此多纯真而感人的爱情故事的作家的亵渎。但就是这样坚定和倔强的信念也在2020年这一年被彻底地粉碎。我把它解释为进入三十岁的紧张,解释为那种随时住在出租房被轰走的沮丧,解释为某一刻羡慕那些脑子里只有柴米油盐的情侣的幸福的向往。

总之,在7月底的某一天,我从床上爬起来,洗脸,打开冷气机,吃了一块面包,在狭小的公寓里来回走了十几趟之后,在电脑前徘徊一小时怎样也无法进入剧本创作的情况下,终于打开钱包查看了这些年的积蓄,决定买一套房子来居住。那是一种突然想要安定下来的迫切,而这种迫切,此前未有任何征兆。人就是这么奇怪,理性很多年,但决定改变的,往往只因一瞬间的感性。

买房很快就被提上日程,说干就干。这一年来,父母与我,跟全国大多数人一样,陷入了一种焦灼的状态,那就是尽早地去做必须要做的事情。于是那些日子,我一边写剧本,在天津与北京来回奔波开各种剧本讨论会和签合约,一边奔赴天津各大住宅小区,和中介一起看房子。新房子旧房子统统去看,我的理念就是,在位置、交通和生活设施齐备的基础上,尽量找那种一眼看上去就很舒服的房子,就像找对象一样,往往第一眼就会判断出她是不是你今后能够相处下来的人。大概是因为平时深居简出,猛一下看了那么多有人住的房子和没人住的房子,一种浓烈的烟火气息让我有些不适应。怎么说呢？我还是想要那种一眼看上去就让人感到自由、随意的房子。于是，带着这样的标准，我整整看了一个月的房子，见了十几家中介，花掉几百元的交通费，拍了几千张待售房的照片，终于选中了一套合适的房子。

那天，我和中介看完房子，表达了诚意，回家与姐姐做了简单的商议。她看了照片，和我的观点基本一致：离市区远了点儿，环境好一些，房子整洁雅致，交通方便等，如此盘算一番，买下来，没问题，挺合适。于是我俩与父母进行了简单的沟通，迅速地与中介、房主见面，签合约，交定金，然后在不到一个月的时间里，我收到了房屋的钥匙。那一天，我在房内打扫卫生，从下午一直到深夜，像极了居家过日子的好男人。那天深夜，我坐在那套干净别致的房子里，望着窗外的灯火通明，感慨万千，一种无以言表的失落感涌上心头，恐怕很长时间我将会在这套房子里生活，不知道未来这里会是怎样。人就是这么奇怪，对于幸福与痛苦往往分不清，或许还是那句话，在哪一种状态下生活得久了，就会认为那是生活本来的样子。

9月中旬，我开始搬家，朋友老崔过来帮忙，开着他的汽车，将我为数不多的家当运到新房子里。老崔是我的哥们儿，我们都是做影视行业的，很多话题都能聊到一起，他说他家里就他一个孩子，见到我莫名觉得我就像他的弟弟。他帮过我不少，都是那种心甘情愿不计回报的，让我很感激。我在网上订购了一些新家具,那些家具都需要自己亲手组装,对我这种动手能力极差的人,每次到货,都要再次麻烦老崔过来帮我一起捯饬。一连数天,我们都是在拆卸包装、安装家具的忙碌中度过的;无数个秋末的下午,我们汗流浃背地将物品逐个归置,将家具全部摆放整齐。我喜欢那种简单有品位的家装,墙上挂着我喜欢的英国作家毛姆的肖像,还有日本导演黑泽明的手绘分镜画等创意海报;我还在网上买了送货上门的洗衣机和简易衣柜,将地板擦了个七八遍。这一系列工作完成的那天晚上,我铺上一床新被子,踏踏实实地住进了自己的房子里,住进不用缴纳房租、不用考虑哪天搬走的房子里,一种不真实的感觉涌上心头。说不上喜欢,也谈不上空虚,就是一种感觉自己慢慢地回落,变成了万千平凡生活中平凡男子的样子,对此以前我是不屑的,如今却这么利索地成为这样的人。怪不得村上春树说,"人不是慢慢变老的,是一瞬间变老的",到我这里就是:人不是慢慢想通的,是一瞬间想通的。这种想通里往往还带有一点理想色彩和感性冲动。

天津的房子落定之后,姐姐、姐夫和画室的一个老乡赶来,我喊上老崔,一帮人咋咋呼呼地帮我走了一个仪式,庆祝搬进新家。我们烧了一些菜,喝了一些酒,在此期间,他们说了一些祝福的话,那些话语听起来像是久违的叮咛,让我感到温暖,那些笑声在他们离开之后,让我感到无比兴奋与感伤。到底人是群居动物,一个人待久了,孤单会成为很可怕的敌人。可笑的是,从毕业到现在，将近十年，对于一个漂泊的人来说，一套房子居然让我感受到幸福与踏实，这简直是一种极大的讽刺，但这或许就是生活。习惯了在云端生活，终究有一天，还是不得不站在地面，走出平凡人的足迹。失去自己可怕吗？要知道，失去往往能换来得到，没有人能占全，总是只能占一头的嘛。

10月中旬，老家的房子竣工，那个别致端庄的小院子，美极了，是我未来叶落归根的家。最开心的是母亲，她跟姐姐聊天，快乐溢于言表。她这些年最担心的就是我在外面流离失所，她认为我成家立业的第一步实现了，于是乎，他们觉得应该马不停蹄地去完成下一件事，那就是我的人生大事——结婚。对于催婚这件事，我没觉得有什么不对，人到了一定年龄，就应该结婚，生孩子。不为什么，符合自然规律，这就是正解。我跟他们说，刷短视频时看到，北京有超一百万未婚女性，全国有约三千万未婚女性，不着急，且选着呢。但是我私底下提醒自己，这些年来，祖国日新月异，优秀的姑娘很多，漂亮的姑娘也层出不穷。我喜欢性格上大大咧咧、热爱艺术、敢爱敢恨、再有一点反抗精神的姑娘。现实中的人们都很理性，若是和不喜欢的人在一起生活四五十年，想想都让人不自在。但我绝对不是独身主义者，"孤独""寂寞"这些词适合艺术创作，其他种种我觉得都是滥用。

为了摆脱孤独，我决定听从父母的安排，有意识地在这座城市寻求伴侣，总要去尝试一下的。如此一百八十度的思想转变，是我以前从来没有过的。为什么我不能像一个正常人一样去过柴米油盐的生活？当下来说，和自己较真太累了，当然你可说我是对信仰的妥协，但就算是妥协，我想也是为了更好的艺术创作而妥协。所以，如果非要头破血流才能获得那种平淡的生活，我想试一试，即便在当下只是个念头，我也不想放弃！

回到1997

  当你给一个人讲爱情的时候,他不相信,你就换一种方式,你跟他讲初恋,讲风月,他就能跟你聊很久很久。不知道何时爱情已经变得难以触及。多想回到那个年代,初恋如清晨出门沾在眼睫的露珠,晶莹剔透,无论回眸还是迎接,总有一双刚刚苏醒的含情脉脉的眼睛望着你……

（一）

我身边传奇的人很多，这些人的故事大多是属于失恋、逆袭、成名、暴富、失踪等看起来有点神经病的类型，但我爱写他们，觉得没有人比他们更可爱、更热烈、更值得一写。我将真爱的决裂写成第三者的搅局，我将逆袭写成不择手段的杀戮，我将成名成腕儿写成无下限的互撕，我将失踪总结为被陶渊明绑架到了世外桃源钓虾的狂想……越写越多，越写越夸张，朋友们纷纷发出抗议："断交啊断交……""太过分了，太过分了……""还能把我写得更无耻一点儿吗……""你简直是想拿诺贝尔文学奖想疯了……""求求你，你还是把我写死吧……"在这些铺天盖地的唾骂声把我淹没之前，我决定再也不写这些斤斤计较的"小人"了，我去写学霸。

"学霸"二字，每个人都很熟悉。不少人都幻想过成为学霸，同时，不少人都被学霸深深"伤害"过，智力碾压。学霸让我彻底明白，世界上没有什么"努力""勤奋""认真""用心""收获""奇迹"这样的字眼，有的只是"普通学生"和"学霸"的区别。

普通学生分为"第二名""尖子生""潜力股"等；而学霸很简单，他永远霸榜，让人惊奇。

高三那年，我们班里有个学霸，很嚣张，每次考试总成绩的分数都是我两三倍，你说气人不气人？

那兄弟还无法无天到消灭了我校著名的数学"达摩祖师"，"达摩祖师"成功地解开了难度系数很大的刁钻题，这家伙竟然公开在班级里叫嚣说"达摩祖师"的解答太复杂，一道明明五步就能解开的题却用了五十步，于是生生跟"达摩祖师"厮杀了一晚上。

第二天，"达摩祖师"要跳楼的消息被封锁。这兄弟只用五步便解了题，最后还整理了一下红领巾，给"达摩祖师"深深鞠了一躬，客气开走——那一躬击碎了"达摩祖师"的信念。

我觉得这兄弟太过分，没想到他战斗力爆棚，居然没参加高考。

我冷笑一声，胆战了吧，呵呵呵呵。

然而，这兄弟没参加高考，却修改了"风雪山神庙"的桥段，直接改成了"林冲童年时代就干掉了陆谦"。后来，这兄弟当年被保送清华，是我校建校以来唯一的保送生。

投机取巧，纯属巧合？好的，有你喝水噎着的时候。

然而，这兄弟喝水没噎着，我却被呛得半死，差点把老子的心肝脾肺咳出来——他对保送清华的名额没有说不也没有说行，只是冷笑一声说："老子想读的其实是北大！"

次年，这兄弟参加了高考，以全省第一名的成绩考上北大的光华管理学院。

据说收到录取通知书那天，他又冷笑一声："呵，跟上届北大的最高分差了0.5分。"还送给自己两个字——手欠！

这样的人，我此生不愿意再提，因为人生很短暂，听了这样的故事，多少有点气人。

然而人生漫长，幸福的日子还是会来的。

大学就是我幸福的日子。大学真好，与其有关的再也不是什么"一鸣惊人""笑傲高考""绝地反击""超常发挥"等鸡血的词语，取而代之的是什么"风花雪月""众生平等""支离破碎""吃嘛嘛香"这样的粉色冒泡泡的词。然而，我又被骗了，传闻本院第一学霸M（之所以叫M，是因为此人"狭小"，衣服只能穿M号）在我们为毕业设计孜孜不倦的时候，收到了清华研究生院的保研面试通知——"学霸"二字，时隔多年，再一次"咣当"一声撞进我的脑海。

+－×÷+－×÷+－×÷+－×÷…

最近记性不好，这道题应该在习题册第88页能找到……一个月没看数学了可能会错一道选择题……今年的题没有超纲……昨晚没睡好,最好能做完题趴在考场里睡半小时……

我想哭,无数个"凭什么""凭什么"跳进脑海,像是孙猴子练武的花果山……

学霸M参加研究生复试面试。

老师:"请问你最大的梦想是什么?"

学霸M:"支援山区的孩子读书接受教育。"

老师:"假如现在只有一个名额,你的竞争对手是一个山区的孩子,你觉得应该选谁?"

学霸:"选他!"

老师:"为什么?"

学霸:"因为我还可以通过全国统一考试考来这里。"

……

大学毕业那天,M主动跟我碰杯。我问他怎样才能成为学霸,学霸难道不应该是那种每天刷题2000道,做到1000道不出错不犹豫十秒钟的人吗?

M想了一下回答说:"我也不知道哎……"

我说:"罚酒!"

M又思索片刻说:"我有过一天刷3000道题的纪录,也有过1000道题平均每道题十几秒的纪录,当然也有过辍学半年回到班级发现墙上居然还是自己高烧那天糊弄答出的高分纪录……你真的想知道这些吗？"

我举杯大笑："我知道了，天赋加努力！哈哈！"

（二）

我深深厌恶学霸这样的存在，直到遇见她——我的初恋。七岁那年。够酷炫踺吧？

那一年，香港回归，我掉了牙，二年级的学杂费涨了五十块。

那时，镇上小学设施简陋，招生却不愁，符合九年义务教育入学标准的，都能上学。

那一年，在生源质量参差不齐的大家庭中，我升入了二年级。

升二年级的头等大事不是给新书包书皮，不是抄袭尖子生的假期作业，而是抢座位。

为什么要抢座位？读书时代的位置决定了人生的位置！这纯粹是胡扯了，老师分配座位多少会因分配不公引起儿童揭竿起义？分配公道又没奖金可以拿，所以积极个锤子。

那天，抢座位的声势浩大得让我至今记忆犹新。班级大门被轰然撞开，同学们犹如荒山着火逃窜的猴子一般。整个上午，座位的划分，清楚明了地体现了每个孩子选择的人生方向，听起来极其恐怖。我的座位还是相当不错的，这多亏了我的朋友花花，他用空中飞人的方式，从门口纵身扑到前排座位，然后嘴角挂着几点血丝笑吟吟地将中间的位置让给了我，自己灰溜溜地坐在一旁。理由是他妈说了，要跟学习好、品德好、长得帅的男同学坐在一起！

花花跟我同岁，单亲家庭，有点儿娘娘腔，平时对我忠心耿耿，曾发誓要和我当一辈子兄弟，哦不，做我的帮手！

抢座位的宏大场面退潮，几家欢喜几家忧，走廊里照例有抱着书本抹眼泪的学生，真是委屈了这帮成绩好、体育差，不甘心坐后排座位的同胞兄弟。

抢座位风波之后，真正的主角出场了，班级的扛把子——班主任来了。

班级的景象让老夫子犹如看到了大灾过后的场景，他砰地拍了下讲台。大家胸口扑通扑通直跳，我心想，完蛋了，老夫子要济弱锄强了！

"你，上次考试考了几分，还有脸坐在前面……你呀，个子太高，遮挡别人的视线，滚后面去……还有你，偏要跟一帮女生坐一起……什么不服，可以可以，打手板啊……"

啪啪啪……

天下太平。

座位分配到了下午才真正告一段落。到了下午，我趴在桌上，睡意正浓，梦里看到一个少女朝我缓缓走来。我讪笑着，知道她出场了，细胳膊细腿，大眼睛，脸上漾着天生的笑意，这就是我的初恋，我的同桌，我们班未来的学霸——王祖贤。哦不，她姓杨，就叫她杨祖贤吧。

"故事里的事说不是就不是……""千年等一回啊……""天地悠悠过客匆匆……""昨日像那东流水……"我的脑海中不自觉地举办起春节联欢晚会来……

"谁愿意跟这位个子矮的转学生调个座位？"

我心里已经唱到了暧昧版的"让我们荡起双桨"，老夫子的话音刚落，我如雷击中，唰地一下站起来，手臂举得高耸入天。

全班同学的目光齐刷刷向我投来。

那一刻，我看到杨祖贤望向我的眼神里好像泛着粉泡泡……

那一刻，我好像被新年的各种礼物埋了起来……

然而，瞬间，啪的一声，我的手被按下。

花花站起身来，手臂举得高耸入天。

什么意思，花花是想横刀夺爱吗？

然而，并不是！

花花对我做出"我不入地狱谁入地狱"的表情，麻利地抱着书本走向了后排座位。我回头望，只见他吧嗒吧嗒地掉着眼泪对我笑着点头,那场面还真是壮烈呢!

杨祖贤的到来真是热闹了,花枝招展、活泼可爱、八面玲珑、亭亭玉立,简直所有能用在女孩子身上的词都能用在她身上。最可恨的是,这女孩还刷新了建校以来的所有考试纪录,校考、乡考、县考,她的总分总能让人发出这样的呼声:哇!喔!哗!呀!可气人的是,这个人却从来没有努力地去读书,简直是对我们这些平庸之人抽来的一记记无声的耳光。

是的,她就是传说中的学霸!

学霸就学霸吧,这女孩居然对我爱搭不理,完全忘掉了当初我为她"舍生取义"的献身前史,连嘴角的笑意都是天生附带的,简直是对玉树临风、才华横溢的我的侮辱。

"我劝天公重抖擞,不拘一格降人才",不行不行,我的画笔呢,我的画纸呢,老子要用线条画、撒手锏干掉她的高富冷。

故事开始反转——

"哇,你的线条画画得好漂亮,自学的吗?"

"不,天生就会。"

"你能不能给我画一幅白娘子?"

"可以。"

"你能不能给我画一幅嫦娥?"

"可以。"

"你能不能给我画一幅冯程程?"

"可以。"

"你能不能画一幅我？"

"不可以！"

"为什么？"

"凭什么要画你，你又不漂亮。"

我的话伤了她的自尊心，她竟然一周不理我。不过，我知道她是装的。要不然，为什么偷偷学我画画？

"好了好了，我错了，你看这个。"

她瞟了一眼，眼睛一亮，画上是她的样子，素颜薄衣，犹如清水出芙蓉。

她兴奋得在上课期间笑出了声。

嘎嘎嘎嘎嘎。

漂亮的女生笑起来有时十分恐怖，有没有？

老夫子回头狠狠瞪了后排座位的女学生一眼。

"上课不好好听讲，不会向人家杨祖贤学习啊！啊！嗷！啊！嗷！——叫得还能更难听一些吗？"

我突然发现，老夫子什么时候也有了这样精湛的口技天赋！

那真是些美好的日子，我教杨祖贤画画，她教我读书，不是一般意义地读，而是要在下一次考试拿第一名的那种读，那难度系数犹如让老夫子光屁股在班级跳舞一样难。

那时候，我的成绩处于中间地带，她每天对我的学习进行军事化的监督管理。一个月后,月考来了,只为了争回脸面,让我这个绝世才子的美名前挂上"学霸"二字,我拼尽全力,果然,成绩不错,第一名!

平生首次考了第一名,也是往后多年求学生涯里唯一的一次第一名!

杨祖贤是第二名,她空了一道题没答。多年后,我才意识到那是她故意空下的。

我和杨祖贤的友谊一时间在班级里传为佳话,老夫子发起让同学们向我们学习的活动。

那些日子,我觉得就像是过年,那个年代,比过年更高兴的事好像就是跟她相处。

但有人开心就免不了有人伤心,自从我和杨祖贤"珠联璧合"之后,花花就被我冷落了。

赴汤蹈火居然成了助纣为虐,仇恨之火越燃越烈,花花"苦练邪功",终于成了那种电视上的反派,走上了校园黑道之路。

高年级的混混儿"大斑鸠"过来堵我是在那个放学的黄昏。

那天放学,我打扫完卫生正要锁门离开,大斑鸠挡住了我的去路。

他上来就是一脚,我趔趔着撞到课桌上。

七岁踹人的脚跟十二岁踹人的脚果然不一样。

一个是屈辱,一个是疼。

"你很跩啊,根本没把我放在眼里嘛。"说着,他带着一帮人冲了过来。

我捂住脑袋,学着电视里白娘子一样发功。

突然身后有人大喝一声:"住手!"

细尖的声音中带着倔强,啊哈,杨祖贤!哦不,是花花!

花花棒极了,拎着一根自制的双节棍胡乱地挥舞起来,那招式简直是低配版的李小龙。

我打,打打打……大斑鸠他们被花花打得落花流水,逃之夭夭。

抱歉,那是我想象的!根本没发生。

现实是,花花没有像李小龙那样飞腿踢破洋鬼子的脑袋,而是被夺走了双节棍,揍得鼻青脸肿。即使这样,他仍努力从人缝中挤出脑袋,朝我大喊"快跑"……

我也想快跑,可是门被锁了!

我再次学白娘子发功,这时,又一个熟悉的声音响起。

啊哈,杨祖贤!哦不,是老夫子!不过,他后面跟着杨祖贤。

放学路上听到同学议论大斑鸠他们要打人,杨祖贤觉得不妙,就半路截了老夫子来救我。

老夫子的戒尺相当无敌,啪啪啪,大斑鸠被收拾得落花流水,狗急跳墙一般冲出教室,一溜烟儿就不见了。

我收功,故作潇洒地去扶花花,阳光打在杨祖贤的身上,那一刻,我望见了明媚版的杨祖贤,她别着窗棂射进来的一条一条的光,朝我走来,轻轻地用手抚摸我的脸。我闭上眼睛,想象着许文强吻冯程程的画面,然而,睁开眼后,发现花花对我咧着嘴笑。

呕……

杨祖贤笑得前仰后合。

那个骄阳似火的下午,二年级教室像是被突然定格,定格了我们最美好的模样……

被打事件过后,我怀疑是花花出卖了我,后来也证实了我的猜测:大斑鸠堵我不过是花花的苦肉计,为了让我对他从此有亏欠之心,然后重新回到他的身边。

小小年纪的花花,心事倒不小。

可我并没有回心转意,而他也贼心不死。在那段我对他尚且信任的日子里,他终于诱骗我去学校后面的池塘里游泳,展开了疯狂报复。

那天,杨祖贤没有认真听课,整个上午都在埋头画什么。我想偷看,她遮掩摇头。

放学后,她将上午的杰作递给我,我翻开一看,脑子嗡的一声。

"我有这么丑吗?"

杨祖贤带着笑意摇摇头:"我已经很努力了,但我不会画。"

我看着她模仿我的技法,虽然画得不生动,但如假包换,这个人,就是我!

我本想趁着放学教她画画的技法,这时花花跑过来拉我去游泳。上次的英雄救哥不能视而不见,于是,我一边被花花拉着往教室外面跑,一边回头给杨祖贤做明天继续的手势。

夏季农村的池塘清澈见底,是孩子们游泳的天堂。我记得那天岸边的水草迎风摇曳,连接小镇的乡间小道四通八达,水面像泼了一层金子……我和花花将书包放在池塘边,把自己脱得一丝不挂,学着游泳健将扎进水中。水像柔软温暖的沙发,载着我浮浮沉沉。我们都不会游泳,只能在浅水处练习狗刨。我仰躺着,感觉可以就此漂荡到遥远的未来。阳光刺眼,我眼睛微眯,偶有微风吹来,后脑瓜阵阵发凉。

等我听到岸边传来大斑鸠等人的声音时,我知道不妙了。

花花不知何时已上岸与大斑鸠等人勾肩搭背,俨然一副卧底现身的嘴脸。

"小浩,你为了女人放弃兄弟,今天兄弟就让你知道背叛的下场!"说完,花花拿起我的衣服扔到了旁边的柳树上,然后脱掉裤子,撅着屁股,转过头对我做鬼脸。

我火冒三丈，在水中指着花花说："阿花，你牛！"

花花讥笑着对我做出嘲弄的动作，嘴角一勾，那个邪魅的笑，真难看，还学着老大的样子挥手让大斑鸠他们跟他走。

大斑鸠一个耳刮子抽了过去："轮到你指挥老子了吗？"

花花捂着脸，让开路。大斑鸠大步流星地往前走，突然他弯腰捡起地上的书包，将它反手抛向了水中。

花花想要阻拦，又一个耳刮子抽了过去。

"你站哪头？！"

书包被扔到河中央，大斑鸠领着小弟们欢呼雀跃地离开。

那一刻，我本能地冲向书包，书本、练习册、画笔，甚至生命等都不重要，有一样东西不能丢，是的，那就是杨祖贤画给我的画！

我用尽全身力气游到水中央，够着书包了，岸边传来花花大声的叫喊，我知道要出事，脚底像是卷入无边深渊，水像猛兽一样吞没我的身体，一瞬间，我心说：罢了罢了，白日依山尽，老子入海流……

等到意识清醒过来，我的身体被人拖着划向塘边，在水平面摇摇晃晃的节奏中，岸边的人越来越清晰。

是的，那是杨祖贤！

我得救了。

救我的人是杨祖贤的爸爸。他来接女儿回家，杨祖贤在校门口看到大斑鸠行踪诡异，觉得事情不对，就带他爸爸来到了池塘边。这是她第二次救我。

我赤裸着身体躺在岸上大口大口地吐水，一丝不挂地在杨祖贤的跟前，突然觉得有一丝凉爽，有一丝害羞。

我虚弱地问："你看够了吗？"

杨祖贤扑哧一声笑了，红着脸背过身去。

杨叔叔攀爬着上了柳树，摘下我的衣服，连同书包一起递给我。

我的画！我的画！我的画！

我慌忙地翻找着，在湿漉漉的一摞书本中，找到了那幅杨祖贤画给我的画像。画纸湿透了，画上的形象却越发张牙舞爪。

"有点儿像哪吒！"

哪吒啊哪吒，你终于获得了你想要的重生，却丢失了你当初倾心的一切。是的，我也失掉了我倾心的一切。那个问我要线条画、给我画画像的人，现在在哪儿呢？时隔多年，那句"哪吒"仍旧无数次回荡在我的耳边……

二年级下半学期，杨祖贤转学了。

（三）

2018年，我到首都机场乘飞机。

安检时，一名安检人员在看了我的身份证，仔细地检查衣物后，竟然像盯贼一样看着我，一动不动。

"有什么问题吗？"

安检人员摇摇头。

"那，我可以走了吧？"

安检人员仍旧望着我，他点了点头。

我无奈地拎起箱子，往候机室走。

对方突然站起来，拦住我，问："你是丁浩？"

我顿了一下，点了下头。

"河南省××市××镇人？"

我瞠目结舌，再次点了点头。

"哥们儿，我是花花啊！"

花花？哦，我的天哪，我想起来了，我的狗腿子花花，要做一辈子兄弟的花花，那个有点娘娘腔、让我又爱又恨的花花，居然几十年后在这里再次遇见。真是人间喜乐千万种，最是他乡遇知己啊！

我们到机场的咖啡厅坐下。

花花变样了，变得强壮、富有男人味了，当年娘娘腔的痕迹消失得无影无踪，让人感慨。

我们聊了这十几年间各自的生活。花花告诉我他当了兵，转业后在机场工作。他还结了婚，有一个幸福的家庭。我为他感到开心。

最后，他说到了杨祖贤，如果他不提，我是不愿意再揭开这道伤疤的。因为，至今想起杨祖贤转学的原因，对我来说，都像是一场不愿相信的噩梦。

1997年，杨祖贤的爸爸，那个曾经救过我的善良而魁梧的叔叔，在与别人的争执中将刀扎进了对方的胸口，然后潜逃了，全家搬走，从此音讯全无。

自此，班级里那个学霸的记录空白了。

我以为再也见不到杨祖贤了，没想到在两年后的联考中，我再次见到了她。两年光阴，我不敢肯定是她，她比以前更成熟了，更内敛了，眼睛里多了一些悲伤的东西，嘴角的笑意消失了。她还是那个可人儿吗？

她盯着我看了很久，我却没勇气走上前去，问她在哪里读书，过得如何。她站在那里一动不动，直到今天，我确定了，她那时是有话要跟我说，但我没抓住机会，然后就是长达十几年的失联……

那次见面之后，我拼命打听杨祖贤的下落，却无人知晓，我甚至利用周末时间，一个学校接一个学校地排查，仍旧一无所获。

后来，有人告诉我说大斑鸠知道杨祖贤的住址，我咬咬牙去找了大斑鸠。

大斑鸠的条件很简单，只要给他跪下，他就告诉我。

我怒火中烧，心里一狠，就要跪下，然而大斑鸠却一把拽住了我，反手给我一嘴巴子。

我愣在那里。

"你的行动已经代表了你的诚意，我不会乘人之危，但这一嘴巴子，我要告诉你，凡事都是有代价的。"

我拿到了杨祖贤的地址，疯了一般地写信画画给那个地址寄过去，然而一封一封的信件就像投入大海的瓶中信，回信全无。

……

花花告诉我说，杨祖贤的爸爸逃了三年，最终还是被警察逮捕了，后来被执行了死刑。那天是杨祖贤的生日，后来她的母亲改嫁，她跟着叔父过。家破人亡，挺惨的。

花花的话像一把匕首，深深扎进我的胸口。

我脑海中浮现出当年那个在水中救我的叔叔，想起杨祖贤对着我害羞地笑，想起那一页接着一页的线条画，想起那些年少过不完的日子，想起我们曾经一起念过的课文、写过的数学算式……想到那个充满骄阳的夏天，然后定格的记忆急遽变成霹雳闪电向我迎面扑来。真是造化弄人。

我久久地陷在回忆中……

"本来不想告诉你,但我觉得还是应该把这个给你。"花花递给我一张纸条,上面写着一个电话号码,国外的号码,"我在一个同学群里得到的,没打过,不知道真假,说不定能找到她,你可以试一试。"

飞机的滑轮在地面疾驰,终于,飞机升入几千米的高空,又降落,我脑子里却一直挥不去当年那个身影。

到达酒店后,我马上拨通了那个号码。

不管结果如何,我不能放弃任何一丝希望。

嘟——嘟——

长达十几秒,我觉得像是过了半个世纪。

电话接通了,传来一个成熟女性的声音,一个十分普通的女性的声音。时隔多年,我还是听出了杨祖贤的声音。我忍住汹涌澎湃的情绪,不知道该怎么介绍自己,一切好像空白。

童年的玩伴,儿时的记忆,时隔多年,谁还能记起,一切过眼云烟,天真得让人发笑。

"你是杨仙儿吗?我是丁浩。"

那边沉默了很久。

"对不起,你打错了。"然后又是嘟嘟嘟嘟嘟……

电话挂断。

打错了？怎么可能？她为什么要挂断我的电话呢？

难道有什么难言之隐？我又拨那个电话，再也无人接听。

之后几天，我换了电话再去打，那边传来空号的回应……

（四）

一年之后，我在伊斯坦布尔的一个度假村收到了一封邮件，是姐姐发来的。

她告诉我，她那里收到了我的一封信件，怕紧急，就给我扫描发了过来。

我看了一眼，全身一颤，眼睛慢慢地湿润了。

电脑屏幕里缓缓地呈现出一张张我当年画给杨祖贤的线条画，生动活泼。除此之外，还有一张用红笔写着"100"的试卷，那是我获得的唯一的一百分，是她辅导的成果。当年那张试卷不见了，我以为是我不小心丢失了，原来是被她拿走了，并保存至今。

我的眼泪再也忍不住，那是激动的眼泪，开心的眼泪，感慨的眼泪，思念与担忧的眼泪，是童年点点滴滴积聚在内心的眼泪……

我知道她记得我，她一直记得我……

阿贤，你知道吗？我爱你，不管当年我们多么年幼，我是爱你的，爱你不论岁月与成长。

爱你就像江河爱着山川，万物爱着四季。我让时间倒转，伤心融化，我让我们那些年少的日子凝结成不朽，我让童年的故事浓缩成一首诗。

我的阿贤，我最美好的1997，她一直记得我……

媳

你是我见过最美好的人!

我未来的媳，你在哪里？在北京？我好像在三里屯太古里哪条街遇见过你，你长发飘飘，眉眼弯弯，我们擦肩的那一瞬间，我知道你也认出了我。当我艰难地走过五百米，终于咬着牙返回索要你的微信时，你却已消失在人海。

你在哪里？在上海？我好像在上海中心大厦通往125层的电梯中遇见过你，你优雅干练，落落大方。在电梯门打开的一瞬间，你走得太急，文件散落一地，我帮你捡起，你抬眼微笑对我致谢，以至于后来我想要再次邂逅你，反复乘坐那部电梯，却没能和你相遇。

你在哪里？在成都？我在春熙路的酒馆见过你，你在人群中谈笑风生，你的嗓音很清澈，你的酒量很惊人，你扛着相机拍夜色温柔，你在相机里拍到了我。我多想告诉你，某一天你翻到这张照片时，要知道你拍照那一刻，我也在举着手机拍你。

你在哪里？在天津？我好像在和平区五大道见过你，那天大雪纷飞，你穿得很熊，跳着碎步，你下楼取快递，我却迷路到你跟前，说手机没电了，口袋空空，问你中山路怎么走，你热心地从睡衣里掏出五元钱说让我出门坐公交到金钢桥。当我坐着公交车横穿海河，看到明亮的"天津之眼"摩天轮时，才想起忘记询问你的名字。

你在哪里？在南京？我好像在南京奥体中心见过你，你热情洋溢，青春迸发，我们来看陈奕迅的露天演唱会，那天我们都买了外场的票，偏偏下了雨，我带了雨伞，看到你在人群中大声跟着舞台上的Eason唱着："十年之后，我们是朋友……"我默默地走过去，将那把黑色的伞举在你头顶，你回过头来，朝我笑，一把拉住我的胳膊让我跟你一起唱。后来演唱会结束，我们湿漉漉地约好一起吃火锅，却在拥挤的人海中把对方弄丢，我当时骂自己，为什么没有记下联系方式呢？

我想这些你都记得，我想这些只是我的胡言乱语，我想大概你跟我一样，也谈过几次恋爱，伤过别人，也被别人伤过，扮演过善良的角色，也曾经被迫扮演恶人。我想你曾经因为毕业和他分离，乘坐开往不同城市的列车，从此再也未能见上一面。我想你也曾与他在一个城市打拼，一起熬夜做项目，一起吃路边摊，一起在百货商场答应给对方买最好看的戒指，然后在一次次为现实争吵之后放对方往更高的天空翱翔，N年之后翻到你们的甜蜜合影，感慨明明在同一座城市，为什么没有再遇见一次？我想你也曾在同学群和同学聚会里再见到当年暗恋的人，满心欢喜地继续将当年的爱情进行到底，但当你们

媳　135

像许多普通的情侣一样走在那条老街，因为照顾对方感受而缩手缩脚，很难走进对方内心，你终于明白你再也回不到情窦初开趴在窗户上看对方做题时的自己，要不然怎么会在那场放映青春电影的戏院里，你哭红了双眼而他却面无表情？我想你也曾带他见过父母，见过朋友，说过一些天荒地老的誓言，做过马上跟他一起领结婚证的为爱疯狂的冲动，然后在两个家庭的相互猜忌之后，耗尽了你们彼此的信任，你发短信问他爱情最重要的是什么？你满心期待如果他说不顾一切和你在一起，你会毫不犹豫冲破一切阻碍嫁给他，然而他回复的是：你要是爱我，就该为我放弃一切……那一夜你哭湿了枕头，难道爱一个人，就必须要在家人与他之间做选择吗？你也曾想过如果一切重来，答案是不是会不一样？也许做对了这道题，下一道还是会错；也许交了试卷，才发现连修改的机会也没有；也许根本都不用做，因为会有人跟你一样空白地交上去。但我想说，不管未来是怎样的，我知道那都是因为经历而成就的你，我不问你风雨如何挨过，我会紧紧地抱着你，告诉你，谢谢那个当初放下你的他，才有幸让我在这里接到你，说什么好呢？好久不见？不对，应该是……原谅我的语无伦次……

我未来的你，不知道你现在什么样。你大概也曾追求过梦想，在北京的某个写字楼加班到深夜，第二天在早间会议中黑着眼圈做项目报告，却在某一天因为看不惯职场的黑暗规则而冲进办公室大骂领导的背后捅刀，愤然辞职寻找更广阔的天空，但世界很大，到底哪片天空才算是纯净呢？

你大概也曾幻想过自己成为当红小花，被众多粉丝在机场包围，每天考虑如何瘦身和如何在镜头前表现出你满意的侧颜。你也为他们投过支持票，曾花去一个月的生活费买他们同款的衣服，拉上朋友赶往外地去看他们的发布会，在人群中做那个呼喊声音最大的人，想着也许你会和他走进婚姻殿堂，成为娱乐圈的话题。你大概相信过什么你若安好便是晴天，佛系地等待最好的自己终于遇见最好的他，而后在到了必须择偶的年龄，不得不接受"听过那么多道理却没能过好这一生"的冷水浇头，从此发誓要做一个女强人，打十几份工，一人当作十人用，将来成为那种不可一世的女总裁，麾下几十名员工，过着不婚的女王生活，笃信这世界上没有人真正配得上你，但转身走在街上看到夕阳西下普通情侣挽着手过马路，也会突然潸然泪下。你大概想过为理想而活，想过当年如果居里夫人没能在沥青渣中提炼出微量氯化镭，而你傲人的才华在实验室里可以从容完成这样的壮举，那样你也许可以成为伟大的科学家。你大概想过，当年参加公务员考试期间，如果你没有因为打盹失去重要的两分而与重要的职位失之交臂，也许某一天你在某个职位会做那个真正为人民服务的人，两袖清风，被载入史册。你大概想过你认识了黑洞，能在时光倒流中见到当年在人群中弄丢的对方，告诉他不要说那句话。你大概想过，也许人会长生不老，这样我就有可能永葆青春，就能永远陪伴未来的他，我就能完成少年时代的遗憾。你大概想过成为风，吹去这座城市的阴霾。你大概想过成为朝霞，每天早晨给那些奔波在路上的人一丝鲜亮的希望。你大概想的都是好的，要不然你怎么是我的媳呢……

亲爱的媳，我曾经想过我们见到彼此的那一天，也许是十八岁，你骑着单车上学，我跟在你后面，看你穿着刘若英《后来》里同款的蓝色百褶裙，我问你期末考试之后有什么打算，你说想跟我一起去迪士尼乐园，看一场深夜烟火，或者跟我一起去看海，在海边大声说出未来十年我们在一起的点滴计划。

也许是三十岁，我们在新买的房子里一起煮饭，我从背后轻轻抱住你，说亲爱的今晚有惊喜，当时钟敲响12点，我轻轻地把你唤醒，点上蜡烛，摆上蛋糕，告诉你，今天是我们认识的第几个纪念日，我一直不知道送你什么好，以前送你的都是廉价的首饰，打折的玫瑰花，还有叫不出名字的化妆品，今天就来一个实在的，把我最丰厚的项目收入给你，明天就去花，买一切你想买的东西，花不完不准回来！而你却笑意盈盈地说，钱我收下，明天你喜欢的那个衣服的牌子打折，我去买；卧室的那盏灯不亮了，我够不到，你帮我把新买的灯泡装上；晚上不准喝太多水，上厕所多不好……啊，真讨厌！看，你还是那个瞬间让我服气的媳。

也许会是六十岁,我们走在公园里,你让我牵着你的手走,我不愿意,几十年的柴米油盐让我们反而失去了那种岁月磨合后的激情,你生气地坐在长椅上不说话,我走过去逗你,你朝我投来凶巴巴的目光,说今天回去就要跟我分居!十分钟过后,你看到我在一帮老年人中腿脚灵活地跳着当年在学校礼堂里追你时学的霹雳舞哈哈大笑,一边为我的窘态嗤之以鼻,一边唯恐别的老太太将我揽走,走过去紧紧地抓住我的胳膊,不舍得放开,回去的路上感慨上一次为你跳这支舞已经是四十年前,时间过得真快,你还爱我吗?一句话惊得我快步逃走,而后又不得不在原地等你,那一刻我肯定在想,也许我们会这样相互搀扶过一生吧。

当然,也许会是九十岁,你在床前紧紧握住我的手,说:"你冷吗?我给你拿了衣服。你要是渴,我帮你热牛奶。你想听歌吗?我带来了你最爱的吉他。"你说:"那边一点儿都不可怕,像是故乡,你回到了最初的地方。"你颤抖的手握着我的手,我觉得温热,我觉得这一生最美的风景都在你跟前看到了,我想没有什么遗憾的,上个月我们打赌说,我们一天记下对方一个习惯,这样下辈子就能轻易地认出对方。我想你应该对我打及格分的,因为这些年我每次在外面想到的都是你,想到回家看到你是最温暖的事情,想着人生到底是什么,就是一场自以为追求想要的一切，而后明白这一切都是因为有你才有了色彩。你不许哭，可恶，你还是哭了，样子依然很美，但我不得不跟你说，现在我们要严肃地谈一谈了，没有我的日子，你要怎么活——第一条，快乐！一直快乐！那么，答应我，因为你会遇见我。万千焰火擦亮星空，圣诞树下摆沙滩椅，迎着黄昏夕阳红，你想要风景画里的美人笑，我跟你游遍整个世界……

你说滚吧，还想用甜言蜜语下辈子继续骗我！

我亲爱的媳，你在哪里？听我说，我从你的眼里看到了这城市的冬季下起了雪，夜晚雪花照亮了行人的脸，穿得圆滚滚的孩子在雪地上踩出"8"字形状的脚印，夜空的星星如同《泰坦尼克号》里面睡着的露丝脖颈上的钻石项链。街灯都醉了一般，像酒吧氤氲出的灯光。

你走进了光里，与光凝结，产生出七色之外的甜蜜色；我看到一片榴梿林，闻到一股茉莉香，掠过一片芹菜风，此时我如同一弯月牙儿，和一百句情话冻结在你的笑容里，变成你旅游时买回的那枚琥珀。我是你的明媚黄，我是你的热情红，我是你的白杨金，我是你的海岛蓝，我以最浪漫的颜色出现在你的每一个今天。对，是我，是你醒来第一眼的我，是你醉后失语呼唤的我，是你假定的我……

我亲爱的媳，我不知道你在哪里，我知道我来晚了，你迟到了,但幸好是你,是你就好。

我亲爱的媳,你让我找你找得好焦虑,而一想到你同样找我找得也如此焦虑,我就难过得不能自已。真可悲,这世界那么大,我却无数次错过你,你一定想过我,你一定描绘过我,你大概跟朋友提起过我,你在年华里曾无数次惊艳到我,这一切让我感觉到你的可爱与生动,令我对你念念不忘,痴心妄想。

让我疯狂是你、热忱是你、逐渐成熟是你,岁月里慢慢变得让我懂事的也是你。可爱是你,腼腆是你,少女心滴出橙汁般笑容的是你。有一天,你突然出现,给予我所有的期许与幻想,携带你钻石般气质的简单,抹去我年轮般苍翠的复杂。你是我走进家中打亮的暖色光,你是我夏日里拧开的汽水饮料,你是城市每日黄昏的倒影,你让我屏息敛气,莫衷一是,你让我奔放从容,也让我潺潺委婉。

你让我所见的一切变亲切可爱,那亲爱的眼神、亲爱的雨伞、亲爱的唇膏、亲爱的书签、亲爱的票根、亲爱的皱纹、亲爱的十指扣……我亲爱的未来的媳,岁月婆娑,人情冷暖,纵有无懈可击,亦是孤掌难鸣,多一人不多,少一人就是少,夜不寐,饭不香,我是一个念你而生病的人,我不要久病成医,我要药到病除,而你跋山涉水挎着药箱一路赶来看我,你是我的私人医生,这一路风霜雨雪,你风雨无阻,容我掏心掏肺地说一句:

你,辛苦了!

我记不住姥姥的样子

　　小时候，特羡慕孙悟空，石头缝里蹦出来，没人管，顶自由了。长大后，不羡慕了，反而要求有爸有妈，有姥姥有姥爷，有爷爷有奶奶，有哥哥有姐姐，有弟弟有妹妹，一个也不能少，少一个就孤独，少一个就自卑，再少一个人生的底色就变了，无论今后怎么努力，快乐不尽兴，难过很彻底。

不知从什么时候起,我给自己定的要求是每年春节必须回老家,也就是回河南过年。今年也是,一到年根上,人就各种着急,干活儿时的状态也不对了,老打电话问家里都谁谁回来了,以及年前有什么活动。终于熬到腊月二十七,就迫不及待地乘坐绿皮火车回家了。

其实也不是稀罕过年,催婚、走亲戚、假热情、谈过去、臭显摆,小时候好像什么话都能吸收,长大了嘴上熟练应付内心却顶排斥。不过过年换个地方陪着大家一起装嗨,用朋友的话说,一年下来,给大脑这台机器做一下更新,找找初衷,也不错。过年没什么不同,可是每年的心情都不一样,三十岁的人莫名感觉孤独,会想起很多事。我家亲戚不多,过完年,初三初四基本就闲了。家乡的路修了,我饭后散步,出门就是水泥路,穿过绿地毯似的麦田,顺着两边耸立着齐整的白杨树的通村公路而行,耳边呼呼地刮着冷风,零星的爆竹声从远方传来,走着走着,不知不觉就是几千米。我来到了姥姥家。

我已经几乎找不到姥姥家了,或者说是舅舅家,姥姥与舅舅没有分家,一直到她死都没离开过那片宅子。前几年,舅舅一家人搬到了乌鲁木齐,在那里安了家,嘴上说在外面就是打工,还得回来,时间久了,就回不来了。很多人都这样,挂念家里,死活离不开那片生活了半辈子的土地,真狠下心了,也能割舍,重活一次呗。前几年和舅舅、妗子视频聊天,看到他们虽满头白发,却依然精神矍铄,比起实际年龄仿佛年轻好几岁。我深以为然。这十年,农村发生了翻天覆地的变化,修路、盖楼、铺铁路、架高速,童年的场景像是被清洗液涂抹,拔地而起的是另一个地方的样子。有时候,我恍惚回到了别人的故乡,这个故乡属于更年轻的人,那些曾经陪我长大的长辈,有些想不起来了,有些思想观念已不是我小时候,像变了个人。我得很努力才能将我们一起生活过的岁月串联起来,知道曾经在这儿生活过。

我从公路上下来,抄近道,踩着还有积雪覆盖的麦地,绕过几个坟头,辨别着方向,找到那个年少时经常来的地方——姥姥家。还是那个老宅子,只是孤零零的像是一片汪洋中的孤岛,与周围格格不入。从前那个到了就兴奋,被亲切感包围的地方不见了,变得颓败。爬满荆棘的低矮围墙,斑驳红砖的堂屋,草顶覆盖的偏房,院子里布满了干枯的植物藤蔓,短短几年,这里已经物是人非。它存在于另外的时空,眼前记忆的线索全断了。但我一闭上眼,小屋里桌子上围着的几个人的牌局,孩子们追打哭闹的熙攘,厨房里几个女人的忙活,录音机里传来的电吉他与爵

我记不住姥姥的样子

士鼓的声音……鲜活而生动地朝我奔涌过来,瞬间将我拉回到小时候。

我想起幼时睡在舅舅家堂屋的那张大床上,夜里大水冲倒了龙王庙,第二天早上怕被人说,用身子暖干的尴尬。我想起有一天夜里我不知道动了哪根筋哭着闹着要回家找母亲,撒泼,哭闹,凌晨舅舅和妗子给我冻柿子,给我口琴,全家人起床哄我统统不行,最后舅舅只得冒着严寒骑着自行车深夜送我回家。我想起死去的姥姥。我记不清楚她的样子。堂屋里那个黑白遗像中朴素消瘦,眼窝深邃的老人,我竟然毫无印象了。还有姥爷的,他去世更早,三十多岁就走了,那时母亲刚一岁,姥姥走的时候也不过六十多岁。他们的遗像摆在条几上,一老一少,十分不相称,神情都是庄重的。据母亲说,在那个年代,姥爷是村里的大夫,冬至那天被人喊到十几里外的一个庄子去给人看病还是去干活不清楚,临走时大雪纷飞,村里的那条路一脚踩上去,积雪能吞没半个小腿,姥姥那时还很年轻,让姥爷早去早回,家里的孩子挂念。姥爷背着药箱,踩着雪路走了十几里,回来却是被人用平板车推回来的,脚上还穿着姥姥刚给他纳的灯芯绒的棉鞋,鞋底儿粘着泥,人像睡着了一样,没留下任何遗言。后来据舅舅推断说姥爷大概是突发心梗之类的病。总之,母亲从懂事起,生活中就没有任何父亲的形象。母亲成了单亲家庭的孩子。这也是我长大以后才意识到的。母亲的童年没有安全感,性情敏感,凡事都能想到一二三，烦的时候比笑的时候多，总是郁郁寡欢，对孩子严格，对生活谨慎，对生活的定义永远是苦乐不参半，苦是占多数的。母亲还把这种敏感传给了我。这是我后来看过很多书，经过一些蹉跎之后明白的。他们说这叫原生家庭的影响。

大概这属于伤口的一部分，母亲很少提及她的小时候，但基本能想象，缺吃少穿的年代，一个没了顶梁柱的男人的家庭，将会如何凄苦。但母亲在家中老小之中，除了姥姥对她有额外弥补的宠爱之外，大她九岁的哥哥也始终把妹妹的利益放在第一位。

少时的舅舅作为家中的独生子，很早就成熟，成为家中的支柱，干体力活，通晓人情世故，还写得一手好字，家里困难的时候，他还拿着毛笔写的春联到镇上去卖，那个年代，能写会画的有才气的年轻人拿着作品到集市上去售卖是一种流行。我家堂屋的壁画就是当年父亲从一个有才华的绘画人手中买到的。父亲说那人摆了一个摊，十几幅写意画摊开，他一眼就瞧中了，画中的人传神极了，他几乎没问价格，就直接掏钱买了。舅舅的书法作品很好卖，连续好几年都是早上出门赶集，不到中午就回来了，卖的钱正好补贴家中过年花销。舅舅多才多艺，精通书法，深谙音律，用屋后竹林里的竹子削砍之后做成长笛，吹的乐曲格外动人，很多手艺活儿也很精通，待人接物也礼貌到位，街坊邻居提及他无不称赞。

母亲说，舅舅也是十分宠爱我们姊妹仨的，哥哥六岁时腿上长了疮，父亲在外地挣钱回不来，舅舅放下家里的摊子，背着哥哥搭车去了开封看病，补贴了多少钱不知道。据母亲说，舅舅当时什么都没想，自家的孩子也不管了，就是豁出一切也不能让我哥被病给伤着。可见当时舅舅不仅是疼爱孩子，更多的是他对家庭有绝对的担当。

姥爷走后，家里的一切重担自然落到了姥姥的身上，一边供舅舅读书，一边赡养不会走路的母亲，生活把她逼成一个性格刚强、凡事自立的女人。母亲很少讲有关姥姥的生平，我对姥姥的印象也只是停留在那张泛黄的全家合影上。那年姥姥刚六十岁，脸上带着笑和皱纹，头上扎着围巾，身上穿着斜扣的老人棉袄，看着像一个年近八十岁的老太太，岁月让她过早衰老。在她的跟前依次是戴着警帽的大表哥，眼神有点茫然的二表哥，最左边穿着花棉袄的是小表姐。

母亲问过我是否有一点点对姥姥残存的印象，我想了想，姥姥去世之前，我三四岁的样子，脑海中只能模糊地记起舅舅家堂屋的那个角落里放着一张竹床，床上常年躺着一个老人，她总是对我笑，那种笑容是后来我不曾在任何老人脸上看到的。然而记忆就此打住，再没有多出一些。姥姥患的是哮喘病，死于肺气肿，搁现在，就不是一个要人命的病，即使治不了根，也可以吃药延长寿命。然而那个年代，姥姥对待病的方式很马虎，但凡还有一口气，她就硬挺过去，连药都不舍得吃，最后在病痛中走完辛苦的一生……

对于我常念叨的对母亲情感缺失的这件事，母亲的解释是，在姥姥病重卧床期间，为了照顾姥姥，母亲放下家中的一切，在舅舅家住了很长时间，把刚满三岁的我交给了十来岁的大表姐照顾。舅舅家有五个孩子，当时大表姐还在读小学，她活泼听话，为了照顾我家姊妹三个，姥姥让大表姐辍学了。于是大表姐告别了学校，离开家，到几千米外的我们家照顾我姐我哥，后来又照顾我。也就是那段时间，我童年的最初记忆建立起来了。所有的零星回忆似乎都与大表姐有关，对于母亲的记忆直到快要读书上学，我才莫名想起有一个女人曾在很小时跟我生活在一起，照顾我，疼我，我叫她妈。

大表姐最初镶嵌在脑海中的印象就是大高个子，爱穿蹬脚裤，骑着二八大杠自行车，刹车的方式是用脚擦地，带我东奔西跑，过着流浪一样的生活。也就是在那段时光里，不满四岁的我成了一个开朗爱笑、人见人爱的小孩儿。最初的性格特征也是在那时候定型的，她说我小时候十分可爱，一逗就笑，笑起来还有酒窝。用老家的话说，可带劲儿了。

跟着大表姐生活的日子，我是没有具体记忆的，母亲后来说还是吃了不少小孩儿不应该吃的苦。现在想想，大表姐没读完小学，满打满算也是一个孩子，她连照顾自己都不容易，要学着照顾一个更小的孩子，实在是强人所难了。但大表姐也是尽力了，她怕挨吵，怕姥姥吵、舅舅吵，只能咬牙去干。前几年，有一次我看到，前一秒无论大表姐如何神态自若、若无其事，下一秒只要被舅舅等人否定和训斥，她那种难过的神情就马上爬上面孔——一副对不起家人的失落状态。但大表姐是爱我的，可以说除了母亲之外，她是那时候最爱我的人，或者说即使现在她有了自己的孩子，当年她照顾我的时光也让她觉得对我有一种来自骨子里的亲近感。这种感受伴随我一生，我想，也会伴随她一生。

我想起，那些数不清的黄昏，那些支离破碎的画面，都是大表姐骑着二八大杠自行车载着我，东村西村地跑，喊小姐妹打牌、掐辫子、玩耍打闹，日子精彩极了。20世纪90年代的农村没有什么娱乐方式，大表姐是扑克牌爱好者，也许是那时候养成的习惯。近几年，我见到大表姐最多的画面，就是她坐在麻将桌旁，一见我经过，抬头看一眼，淡淡一句"岗儿回来了吗？"然后继续出牌、掏钱，不亦乐乎。我有时对她有一种既熟悉又陌生的感觉。这是一种奇妙的感觉。

但母亲那时候对大表姐照顾我的方式还是有意见的，原因是大表姐玩起来就忘乎所以，她跟小姐妹没日没夜地打牌，让我自个儿在她跟前玩，饿了，就随便弄点吃的应付我，经常是给一个馒头、一碗开水让我充饥。有一次母亲回来看我，见我皮包骨头，脏兮兮的相儿，简直像个流浪孩童，不得不狠狠地说了大表姐一通，大表姐当时马上认错，但回头就忘。回头还是玩，玩得忘乎所以。

我记得最清晰的一幕就是大表姐用脚刹车的高超技术,从后面看她就像一个男孩子,她将车子骑得飞快刺激,有时候几个人一起骑车,她一旦落后,我就在后面大声叫嚷,命令她用力踩脚踏板,超过每个人,然后我就在后座抱着她的腰肢因为胜利而开怀大笑。我记得最深刻的一个场景是:她常带着我到县城闲逛,去干什么我没有任何印象,那条没有修的环城路,走了无数遍,多少个黄昏我骑在自行车的后座上,跟着她来回穿过那个狭长的跨河桥,落日染红了涡河水,回到家已经天黑了。前几年我翻看相册,还找到她倚靠着桥栏、扶着石柱,惬意的样子的照片。她还是那副打扮,脚踩运动鞋,下身穿黑色蹬脚裤,上衣为白色圆领卫衣,留着短发,神情是蒙昧状,这是那个年代年轻人最常见的时髦打扮与精神状态。

大表姐热情大方,人很开朗,开得起玩笑,几年后,她就认识了我们后村的也就是我现如今的表姐夫,两个人一见钟情,感情经历不怎么曲折,很快就结了婚。结婚的宅子就在离我家不到五百米的地方。大表姐和表姐夫,两个人都爱追时髦,敢想敢干,性格里都有那种对世俗的反叛。只是表姐夫沉默寡言,长得有点儿像李连杰,为人很真诚,有那个年代成长的"70后"最活跃的那一批人该有的样子——对外面的世界充满向往,又被传统观念束缚得无法施展拳脚。这些特征在他们结婚后展露无遗。我记得最清楚的是，他们家永远会有一些传统家庭没有的东西，如短剑、匕首、猎枪。他们家那个当年流行的组合柜镜子前，永远放着最新潮的摩丝、搽脸油、香水等，这在那个年代的农村家庭是不多见的。我常常在他们家偷偷尝试这些高档货，有一次被他们发现，居然用摩丝给我头上搽了好几遍，以至于我的头发像是刺猬一样，直直地立起来，用他们的话说，发丝可以刺穿苹果。不仅如此，他们还将光屁股的我用装修房子吊顶剩下的彩带缠绕起来，然后我晃着亮晶晶的身体，手里持着一个木棒，就是一个活脱脱的"哪吒"。我被他们赋予了无所不能的勇气，耀武扬威地回家，结果却遭到母亲的一顿追打。但我一点儿都不怕，因为表姐夫交代我，头发已经定型，任谁怎么打都是没感觉的。几年后，提起此事，我们开怀大笑，我向大表姐吐槽，骄傲地吐槽，说这些经历造就了我热爱表演、爱出风头的性格。这是我少年时可感激的事情之一，要是变成一个闷葫芦，那才算是完蛋。

母亲那时候是很怕我跟着表姐夫学坏的。有一次我执意要表姐夫家中挂着的那把短刀，母亲怎么劝都劝不住，为了掩我耳目，他们甚至还将短刀藏起来，以至于我哭闹不从，非要坐上表姐夫的自行车让他连夜带我去县里购买新的。无可奈何，他们只好将短刀拿出来，让我抱回家。我抱着短刀开心地回家，以为得手，没想到刚关上门，母亲脸色一变，脱了鞋子，拉下我的裤子照屁股就是一顿狠打，第二天勒令我乖乖地将短刀送还。我记得当时哭得很委屈，也记得当时母亲脸上突然转变的表情，当着外人不揍你，没人了，就教你做人的道理，这就是大人那一套。从此我再也不敢任性地要别人的东西了。

我八岁那年，表姐夫有一次去县里办事儿，回来的时候，拉回来一堆高档玩意儿，大家都没见过，直到他介绍才知道，他将家中的拖拉机卖了，买了一组当时流行的家庭影院设备。搁那个连彩电都稀少的年代，这东西无疑是当时的人们最热衷与稀罕的。不仅如此，这个家庭影院在家里被没日没夜地看到无片可放时，表姐夫居然在村里的一个闲置的宅子里扯上电，架上喇叭，买了一些长椅，将那个荒芜的院子前后打扫之后，搞成了一个有模有样的农村录像厅。每天晚上由村里那个留着长发操着不标准的普通话的二流子在麦克风前播报今天要放的影片。就是在那个录像厅里，我的童年第一次开始了对电影里外面的世界有所了解。

"80后""90后"都受过我国港台电影电视剧的影响，我更甚。那时候，仗着是亲戚家的生意，不买票，每天闹着去那间录像厅看录像，武打、枪战、江湖，第二天，热血难抑，和一群小伙伴模仿剧中人的动作，扮演正反派，群殴，真枪实弹地打。有一次我为了追求掌力的厉害，我不小心将一个更小的孩子从路上推倒，他大哭，哭完，居然笑着说我真的达到了那种境界——如来神掌的境界。那时候，李小龙、成龙、李连杰、释小龙、刘德华、周星驰都是我模仿的对象，最入迷的时候，自己编故事在班级里讲给那些同样痴迷影视的同学。我想我后来编故事的能力一定是从那时候养成的。那段岁月结结实实地塑造了我的性格，就是要跟影片中的主角一样，凡事必须第一个出头，要打抱不平，要做英雄，要干死所有的坏蛋。于是我在班级里，随着阅片量的增多，学习成绩断崖式下滑。有一天父亲在我书桌的抽屉里发现了满满一抽屉的录像带之后，恍然大悟，这孩子走火入魔了。果然，十几年后我成了一个文艺青年——从事影视创作——一发不可收。

上了初中后，我不再迷恋看武打片，转而迷上了音乐，也就是从那时候起，不再围着大表姐表姐夫转了，我开始投奔大表哥、二表哥那两个文艺青年，跟他们一起玩音乐、混社会。也就是从那时候起，我开始接触到摇滚乐，知道了什么叫真正的唱歌，疯狂地买磁带、听磁带、研究歌手，寒暑假经常骑着自行车到几里外的姥姥家找他们听录音机，谈创作。而大表哥几乎是我当时现实中唯一的偶像。

说起大表哥这个人，蛮传奇的，他大我八岁，读小学时十分乖巧，让往东就往东，绝无二话。到了中学，摇身一变，就成了二流子，叛逆达到了极致。这从他后来的发型变化可以看出：林志颖式偏分学生头，盖耳染红郭峰式中长发，然后是刘欢式披肩长发，后来到了新疆身体发福，又剪了板寸。有张照片，他站在乌鲁木齐的某个公园的葡萄架下,穿着白衬衫,跑业务的样子,一脸憨笑。那时候,他已经不再听摇滚乐,烟也戒了。

大表哥被舅舅寄予厚望,读书很卖力,但他的叛逆心也随着学业的加重越来越严重,中考考了三年,考到几乎崩溃,总算低分(刚过录取分数线)考进重点高中。收到通知书那天,他做的第一件事就是将大表姐家的录像机搬回家,租了一些言情的还是武打的片子不记得了,让我陪他看了整整半个月的录像,完全看不出他当时是享受还是报复。

高中时代,大表哥开始讨厌念书,谈姑娘、听随身听、逃学、卖电话卡之类的事情没少干,高考没意外地就落了榜,最终以不怎样的成绩上了北京一家职业类的大学。在北京上学外加打工,他一共待了八年之久。后来谈到北京,大表哥是后悔的,他说那座城市给了他很多失望,他在北五环开过公司,当过白领,月薪也曾破万,谈过来自不同地方的对象,最后还是两手空空。那所职业化的大学,没让他学会太多知识,他说自己身上的本领都是吃亏吃出来的,毕业那年,他将刚从老家带来的学费生活费一个月花光,欠了一屁股债,又跟女友分手,为了面子,为了活下去,他没跟家里说,独自去KTV做了服务生,有时一天接好几个兼职,玩命地干。就是想着不能就这么不明不白地死在这里。那段时间,用他最好的朋友——一个酒吧歌手的形容是,大表哥蓬头垢面,每天抽烟、买醉,像得了很严重的抑郁症。他能挺过来，应该是受到了另外一种刺激。很多人都是这样，在失望中直至绝望，然后躺下再也没有起来。而大表哥是幸运的，他起来了，而且还站了起来。

现在来看，大表哥的品位是相当好的，艺术感受力和音乐鉴赏力也是一流的。他买过几百盘磁带，听坏了十几台录音机，当时稀罕的CD播放机他也有一台，加上前女友在他生日那天送的电吉他。大表哥也算是业余玩家了。他本人的音色很亮，以前找他玩，我们走过麦田，甭管有人没人，他都甩着长发，在一望无际的田野里轻松飙高音，声音洪亮且富有激情，像极了鼎盛期的羽·泉。我说他应该去做歌手，起码试一试，用大表哥后来的话说，他很小的时候想过，自从他去了北京，交了那个酒吧歌手的朋友之后，就再也不提做歌手的事了。你唱得再好，没人包装你，没运气，在北京恐怕连地铁唱歌都没你的份儿。

大表哥和我感情是最好的，打小就这样，我们品味相同，甚至可以说他影响了我对音乐的态度。我从他那里知道了"魔岩三杰"，学会了弹吉他，培养了人文素养；知道了重金属音乐，听遍了中国民谣。他第一次从北京带回来的民谣吉他也让当时从来没离开过小地方的我大开眼界，用手轻轻一扫，那声音妙极了，不知道能不能成为天籁，就感觉灵魂中最美的那一部分被打开了，生命长出了另外一只叫作自由的手。当时我就发誓我必须买吉他，后来升入高三那年，我攒了一年多的钱，终于在那个大雪纷飞的下午，从琴行里将那把看了一百多遍的吉他买了下来。晚上抱着吉他睡觉的时光持续了好几个月。那时候恨不得二十四小时弹它，不吃饭都行。

大表哥离开北京是在2011年，当时他在乌鲁木齐有业务，他将在古城附近租的房子退了，能带走的带走，带不走的就卖掉，回了老家收拾收拾，给舅舅吹牛说换一新地儿发财，然后从郑州搭乘火车去了乌鲁木齐。走之前，他在郑州待了两天，当时我正在读大三，他来宿舍找我，在我宿舍住了两夜，那两天，一到晚上，我俩吃完夜宵就在校园里轧马路，来回地走，走到凌晨一两点才回宿舍。常常是打了鸡血似的没睡意，说了很多很多话，大表哥喜欢给我讲人生的经验。以前他经常讲的是怎么追姑娘，怎么提高数学成绩，跟同学怎么做成哥们儿，要提防社会哪些人。回头想想，这一路上，好的坏的，有用的没用的，他确实教会了我很多。那一晚上，他喝得有点多，他说他在北京的时光浪费了不少，有些不甘，但经过了那么一回，折腾了七八年，至少给人生留下可以说出来的经验。也不能定义为后悔，也算值得了。

大表哥这人擅长交际，仅仅两天，就在宿舍里跟舍友打成了一片，还能将我们宿舍的几个家伙给定义了：对面铺的是一个闷骚，人实诚，经不起考验；脚对脚的那个年龄大的，老油子，凡事过半个脑子，是那种有点见不了世面的格局。我说他眼睛毒辣，评价一下我，他哧哧地笑说，我太张扬，性子冲动，太善

我记不住姥姥的样子

良，这是缺点。现在看来他说的不无道理。记得当时我很不服气，还狡辩说如果不张扬的话，在大学里连最丑的姑娘我都没机会追。人都这样，服气的时候很少，凭心情。心情敞亮时，吃点亏，被人损，也觉得光彩；心情不好，明明错了也得咬着牙跟对方较真儿。我那时候几乎听不进任何人讲的道理。大学生是不是都像我这样？

大表哥走的那天，来了几辆电动摩托接他，就像港产电影里刘德华经常演的那种摩托党，从高新区将他拉走去喝酒。他一边递烟一边给我介绍说都是高中同学，这些同学都是做小生意的，人都很仗义。我看着他坐上摩托车，摆手让我回去，然后那些车子发动，轰鸣着穿过校园，就消失了。

大表哥去了新疆之后，我就没再见过他一次面。他打电话跟我说，他在乌鲁木齐干得很顺手，本来说老板让他在那儿开辟业务，尝尝正宗的羊肉串、哈密瓜，勾搭到新疆美女再回来就更好了。结果没想到他在那里很快有了人脉，新疆人吃他那一套，北京公司又急招他回去，他跟合作伙伴打了一宿电话，第二天决定留下来，自己单干。以前他也有过创业经验，但这次他显得更顺手，也许注定了新疆这片土壤更适合他发挥，总之大表哥很快开了公司，干得风生水起，不仅买了房，又让小表哥去他那里跟他一起干，还要求舅舅、妗子放下手里的农活，也来乌鲁木齐，跟他一起生活。美其名曰：享福！

这下子舅舅犯难了，犹豫了，一辈子没离开过老家，没离开过那种了麦子种玉米、种了玉米种棉花的几亩地，还有那些早晚递支烟、喝个闲酒、地头上下盘棋、喷会儿空儿的老邻居。他可走不了。退一万步讲，即使走，也只能说去旅游，看看孩子是不是吹牛瞎混，干的是不是正经买卖，不待到孩子感到腻烦的时候，就知趣地拍拍屁股回来。

舅舅和妗子老两口是在大表哥在新疆待了三年之后去的，打着随时回来的念头去的，坐了几天几夜的火车，第一次出这么远的门，没舍得买卧铺，硬座坐得小腿肿了，生物钟完全被打乱，到了乌鲁木齐之后，好几天白天狂睡，夜里喝了半瓶子白酒也睡不着。老两口难受了好长时间。

舅舅到了乌鲁木齐，身体与精神都经受了一次极大的考验。最开始十分不适应，念着马上得回去，一天说了几遍，可却总动不了身，因为他还不放心俩孩子的前途。直白点说，他那时候是不放心大表哥的婚事。

说来大表哥从高中就开始谈情说爱，谈的女朋友不能组一个连也能组一个排了，但最后却没有一个终成眷属的伴儿，他的爱情故事都能写成一本畅销书了。他本人也很痛苦，最终在舅舅的唠叨声中，放下之前的一切执念，被迫加入了相亲大军。

就是这支相亲大军，让大表哥对爱情的仅存的那么一点幻想消失殆尽了。你上赶着的，人家觉得你心虚，有房子觉得你买房的钱也是借的，是有问题的；你瞧不上的，隔三岔五地骚扰你，目的很明确，图你的东西不图人；相互没感觉的，看一场电影，两个人各看各的，互不打扰还算好的，就怕那种，你请她吃饭，她请你看电影，因为坐前排还是后排产生吵嘴，吵就吵吧，没有不打架的情侣，可是糟心的是，人家冷战，不理睬你也不疏远你，干耗着你，直到把你耗成跟她一样的人，冷静不叫冷静，看似成熟实则无情。所以大表哥在相亲场上是失望的。这种失望从他去新疆那一年起，无限拉长，长达七八年之久，我们通电话的内容常常是落到他的婚姻感慨，他每隔几天就会告诉我谈了一个新女友，懂感情、热心，下班接他不忘给他带一杯奶茶；去她家伯母拿他当亲儿子；两个人同居了，那小他十岁的姑娘发誓结不结婚都要跟他长相厮守。当然也有不靠谱的，家里有老人一起住的不行，房子没装修不行，家电不是新的不行，车子二手的不行，工作不体面不行，最后甚至睡觉打呼噜太响都不行。这样下去，就彻底激怒了大表哥，老子是找老婆，不是找检测员检验婚姻合不合格，都给老子滚！于是，一次又一次地相亲，一个也没成。

眼看着二表哥谈了恋爱，很快结婚，有了可爱乖巧的小外甥，大表哥干着急也没办法。在这件事情上，他与舅舅的冲突很大，舅舅是老派人，观念老但实用，给的建议在大表哥那里都变成了对他婚姻的主观干预，有时候甚至上升到每个人都是拐了弯地为自己着想，父子俩矛盾重重，为此没少吵架。大表哥吵不过就喝酒买醉，大哭，甚至要做出轻生状，死了一了百了。舅舅不吃他这一套，在他看来，自己最出息的儿子在婚姻上一定得靠谱，最起码也要找一个过了他这一关的贤内助。为此舅舅对大表哥将军的方法十分简单，那就是：甭说了，我走，我回老家，离开乌鲁木齐，眼不见心不烦，既然婚姻大事你能左右，还要老子干吗？这一招绝对是大表哥的软肋，他一看舅舅打包行李，订车票，一副非走不可的架势，马上就服软了，乖乖地违背初衷，咬着牙，蒙着头再次去相亲。那几年，相亲几乎成为大表哥生活的一部分。

如果说开始大表哥是一种带着好奇与兴致的念头去参与相亲这件事的，那么后来，就成了一种绝对的痛苦与麻木。他被牵着走，他在相亲的定律中改变了原来对爱情的态度，改变了他做人的底线，甚至有时候他分不清是要找一个合适的另一半还是给眼下这一场相亲做个一百分。就是说大表哥在相亲市场看清了人情冷暖，更花了大钱，用二表哥的话说，那几年大表哥请姑娘们看电影吃饭花的钱就可以付得起乌鲁木齐一套房子的首款了。这话伤了大表哥的心，孙子才愿意这么干，明明把爱情当作生命中最重要一部分，却活活地被生活被年龄被世俗搞得人不像人、鬼不像鬼。结婚的意义到底变成了什么？或者说，那时候的他认为婚姻根本就没意义，只有目的，带着找到一个异性跟你一块生活，过成一家子的目的，找着那个跟你一样伤痕累累，互相舔舐彼此伤口，老实过一辈子的人的目的。婚姻是反理想的，它让人变傻，变成一个不能动任何感情的冷血动物。大多数人也都是这么过来的。

大表哥的相亲失败了多少次，他没计算过，最后他在大浪淘沙中，终于有所收获，他找到那个人，并且，很快结了婚。那一年他刚满三十八岁，很难想象，如果他错过这一次，下一次该会是什么时候？如果到了一定时间，他没找到，他会放弃吗？如果他放弃，舅舅也不会放弃吗？我想答案是否定的，因为婚姻从来都是一家人的事情。

大表哥的婚宴很简单，全家人找了一家餐厅摆了几桌，叫上乌鲁木齐的好哥们儿，还有几个在新疆务工的老家人，热闹一下，就算礼成了。结婚后，舅舅和妗子没再喊着要回老家，扎扎实实地在新疆落了户，也许舅舅最开始一百个不愿意，但眼看着孩子结婚成家，自己已然垂暮，老了能靠谁？还得靠孩子，舅舅无数次跟母亲在电话里念叨着家里的那几亩地，家里的那院宅子，家里的人和事儿，但也只停留在念叨，回来料理？光坐火车就够让舅舅吃不消的，那稍微冲上大脑的念头最终被一次一次的理智给彻底按下了。没多久，大表哥在同一小区买了另一套房子，舅舅和妗子就搬过去住了，跟孩子不住在一起，有了自己的窝儿，就算彻底地成了新乌鲁木齐人了。

舅舅一家人回老家探望是2020年的国庆节,说孩子成家了,去新疆也好几年了,所有人都有一起回老家看看的念头,于是说干就干,但怎么回？坐火车？太累了,那就自驾吧。驾驶的是大表哥那台平时拉货的三厢汽车。从新疆穿过大半个中国回到河南,一路上正好看看风景,一家人有说有笑比在火车车厢里要舒坦得多。

于是带上特产和盘缠,大表哥抱着独自开回家的勇气出发了,出发之前,大表哥在电话里要求我一定也回来,八年没见了,太想我了。我嘴上应付着,但当时正处理着新买的购房事宜、,不一定走得开,但心里暗暗下决心,自己一定得回去。

大表哥一路上给我发了很多微信,他说回去最期待见到的人就是我,我不回去他会生气,然而我最终还是没有走得成,没有回得去,而他也在快到商丘的一段高速路上将一辆小车追了尾。

那天下着雨,他开了很久的车,回忆说肯定不是疲劳驾驶睡着了,是有精神的,可能雨太大,路面打滑所致。总之,等到他意识到撞了车,猛踩刹车时,已然晚了,所幸,一切都在控制范围之内,车身没甩出去,前后也没大车加塞,不然后果不堪设想。一家人都在车上呢。车头撞坏了,对方也是一个好说话的人,说都不容易,都是赶着国庆节回家团聚呢,咱都不埋怨了,打电话叫拖车吧,赶紧处理了,然后想办法将这一大家子人接回去,下着雨耗在高速上不安全不说,这么淋下去,老人小孩都吃不消。后来据大表哥说，等到家里人来接的时候，他整个脑子还是昏沉的，一片空白状，最后坐上接人的车，一直到了凌晨，回到老家，他绷紧的神经才一下子放松下来，就像一条走了几十年的路，终于到了那个想要抵达的地方……

在老家的饭局上，表哥给我发了一行字：几十年了，如同做了一场永远醒不来的梦，这场梦，苦乐参半，不知道值不值得。

后　记

　　1993年，我还没上学，尿床，怕鬼，还和大人睡，那一年，国家发生了很多事，功夫巨星李小龙暴毙二十年后，他年仅二十八岁的儿子李国豪被人枪杀；十年之后我迷上的摇滚歌手黄家驹在日本做节目跌下台，而后任凭气功大师如何抢救也无力回天。那一年，中国台湾电视剧《新白娘子传奇》在大陆首播，引起轰动。也在那一年，我家买了第一台黑白电视机——凯歌牌。我记得有一天晚上，我家堂屋坐满了人，电视里钱小豪版的霍东阁在荧幕里疾恶如仇，大显身手，我看不懂，懵懵懂懂地在大人之间走来走去，他们家长里短谈笑风生，而我偷偷拿了姐姐私藏的粉笔在墙壁上写下了当时唯一会写的两个汉字：天下！

　　1997年6月30日，驻港英军总部不远的添马舰军营东部，查尔斯王子冒雨宣读了英国女王赠言："英国国旗就要降下，中国国旗将飘扬于香港上空,一百五十多年的英国管治即将告终。"至此,香港回到了祖国的怀抱。那一年,学校给每位学生发了香港回归的纪念章和彩色纪念册,我作为领唱每天在上课之前带领全班同学高歌《香港别来无恙》。那一年,我最好的女同桌,那个有着一双大眼睛、不用学习也能轻松取得全校第一名的女孩转校了,原因是她父亲在一次与别人的争执中用宰猪刀扎进了对方的胸口,后来我再也没见过她。我记得她很喜欢我给她画的线条画,她还从家里带大白兔糖给我吃。我时常在梦里见到她,她那双眼睛,犹如一汪湖水,清澈而深邃。

2003年,我读初中二年级,那一年全国暴发"非典",学校放假,工厂休工,人心惶惶,我们作为祖国未来的花朵,被勒令抱着厚厚的学习资料离开班级,回家做永远做不完的作业。偶尔我翻墙逃出,找小伙伴玩耍,被大人逮住就是一顿暴揍,那感觉,外面的世界的惊险程度就像韩国电影《釜山行》拍摄的那样。也是在那一年我第一次对一个女孩心动,那是我们班级的班花,我们邻村的女孩,我们彼此写了书信,在书信中,我写:"仰慕你很久了,喜欢你做题的样子,喜欢你下课擦黑板的样子,喜欢你放学踩脚踏车头发扬起的样子……"她也没拒绝我,用同样的话给予回复。每次在上楼回头递给我书信时,她的脸就会涨红,她在信中告诉我:"有缘千里来相会,你是我心目中永远的最好的男孩。"——这句话至今令我感动不已。我把这些书信都锁在柜子里，其中还夹着那张她在照相馆穿呢子大衣拍的照片。后来这些东西被姐姐无意中翻到，偷偷地阅读书信并告诉了母亲。我得知后，自尊心大受侮辱，大发雷霆，一把火把这些东西烧光，如今想起，这足以成为我人生中后悔的事情之一——为什么要烧掉呢？少年记忆，再也没了。

2005年，全世界不太平，7月6日的伦敦刚刚获得2012年夏季奥运会举办权，次日，恐怖分子在伦敦三条地铁线上和一辆公交车上引爆自制炸弹，致使52人遇难。这一年，马英九被媒体爆料业余爱好之一居然是读武侠小说。也是这一年，我升入了高中，留了摇滚歌手许巍一样的朋克中长发，买了一把开山刀，学会了弹吉他，在身边同学都在读郭敬明和韩寒的小说的时候，我读了托尔斯泰和卡夫卡的作品。我经常翘课和那些流氓同学一起参加斗殴，晚自习抱着吉他在操场弹唱港台歌曲，引得那些花痴的女同学们在黑暗中窃窃私语。那时候，我想过将来要成为一名作家，但只是一瞬间，转念就忘了，因为班主任找我谈过一次话，大意是我被列为班级内可以考上二类大学的培养对象，他让我好好读书，以后不许逃学。不仅如此，第二天我的座位被强行调到第一排，前后左右都是尖子生。也是在那时候，我感受到了中国高考的无形压力。

2007年，令当下青年疯狂追捧的苹果手机在美国上市，我那时用的是父亲买给我的黑白屏波导手机，经常在上课时用来玩贪吃蛇,而那些在外务工回来的小伙伴手里的诺基亚,一时成为高档货。没有人想过这个叫"苹果"的牌子会在今后的手机市场独占鳌头。与此同时,伟大的祖国在这一年为迎接来年北京奥运会的举行进行了多次门票预售,中国人民对这场第一次在祖国举办的运动会信心满满,充满期待。这一年,我在毕业班有了人生中第一个女友,那个躁动的年纪,我们做了不少荒唐事,拍了许多大头像,写了一封又一封的情书,我为她写了原创的情歌,也为她打过架,她经常把我的衣服从宿舍带回家帮我手洗,还带饭给我吃。我们想过高考考同一所大学,以后留在同一座城市过一辈子,信誓旦旦的。她曾坐在我当时那台黑色电动车的后座,和我一起穿过那个小县城的大大小小的街巷,不夸张地说,县城每一处都有过我们停留的身影。到了7月,我踏进高考考场,炎热的天气让我错判了时间,导致我最擅长的作文没有写完,然而铁面无私的监考老师没有予以同情,而是无情地收走了我的试卷,我只能沮丧地走出考场。那一年,我以绝对低的成绩落榜,让父母老师大失所望,而我的女友考得也奇差无比。那一个黄昏,我们在陈抟公园相对沉默,发誓一定要努力补习,明年考同一所大学,然而一个月过去,我去了郑州复读,她在我们当地的一高复读,从此我们之间的爱情有了一段永远迈不过的鸿沟,直到惨烈地结束。

2008年,这一年,伟大的祖国迎来举世瞩目的北京奥运会,全国人民欢天喜地。然而,一件好事之前往往铺垫着一件坏事,5月,汶川发生7.8级大地震,那时我在读补习班。那个下午,我正趴在桌上睡觉,迷蒙中感觉有人在摇桌子,就生气地呵斥同桌。同桌辩称不是他干的。紧接着我感到一阵眩晕,同桌抬头看到班级的吊扇左右晃动,大惊失色地高喊:"老师,老师,地震了!"也是那一年的7月,我收到了"211工程"重点大学郑州大学的录取通知书。历经无数个日日夜夜,解题看书,终于进入了梦寐已久的大学校园,我兴奋至极,那之后便没日没夜地弹吉他、逛街、打游戏,参加学校社团;见到别的系的姑娘,常以郑大校园一家亲的方式,勇敢地向她们索要手机号码,而后的一周内联合整个宿舍布下天罗地网,对她们展开疯狂"进攻"。那真是青春挥洒的时光,以至于毕业那年,我们宿舍只有一人没有谈过恋爱,有些人的恋爱史简直可以写一部琼瑶小说。当然,这些都是后话。8月,北京奥运会如期举行,那会儿我已经坐着绿皮火车到了天津的姐姐家,跟着他们画室的学生,头上系着红领巾,手里擎着五星红旗,兴奋不已地加入全民迎接奥运会的大热潮中。至今,我仍清楚地记得那些奥运火炬手脸上挂着的骄傲的笑容,那些街上摆满的姹紫嫣红的花,那些夜晚天空不时绽放的灿烂烟火,那些电视里播音员铿锵有力播报的我国运动员取得的成绩……点点滴滴,无一不证明着国家的飞速发展。那一夜我和姐夫喝了一斤白酒,一家人坐在电视机前看奥运会比赛,作为一个中国人，感到无比的骄傲和自豪。

2012年，我面临毕业，这一年，是我人生中最灰暗的一年，失恋，挂科，加上对未来职业规划的空白，我陷入了从来未有的迷茫。也就是这一年，我开始疯狂地在图书馆看书，尝试在电脑上写网文。白天翘课在宿舍里码字，晚上就背上吉他去附近的小酒吧驻唱赚零花钱。那些醉生梦死支离破碎的日子，同学们有计划地准备考研和到公司实习，而我则像无头苍蝇一样胡飞乱撞，生活一塌糊涂。毕业之后，我从郑州去了天津，那一年，玛雅人断定是世界末日，人类将会灭亡，电视新闻、报纸杂志、网站论坛、酒馆街巷，到处都在议论这件事，似乎世界末日真的转眼就会来到。那些日子，我常常在夜里思索，如果地球在这一年彻底消失，那么我的灵魂将会去往何处？我还没结婚，也没有子女，更没有实现自己的理想，就这样死了岂不可惜？为此我还掉过眼泪。然而当12月21日的深夜，秒针滑过最后一秒的时候，地球完好无损，天亮之后，风和日丽，我才知道一切都不过是杞人忧天。那一天姐夫在徐州办画展，画作被抢售一空，姐姐高兴地说："哪有什么世界末日，回家先提一辆奥迪再说！"那豪气，至今令我记忆犹新。

2013年，我离开天津去了北京，开始了我的北漂生涯，在北京石景山与别人合租一套地下室公寓。每天在网上一家公司一家公司地投简历，最终在798艺术区一家微电影公司成功应聘成为一名编导。说是编导,就是为一些结婚新人制作Video,写求婚词,制造浪漫。那些日子,我差不多为上百对新人写了几万字的求婚词。他们大多是一些开跑车住豪宅的公子哥,不会说也不会写,他们沉醉于我的句子带给他们的深情感。这些句子曾感动过很多穿婚纱站在镜头前的姑娘们,她们漂亮、现实,对爱情无力,常感慨:如果这些话真的是他写给我的多好。记得有一次在通州的一对新人的婚房里,剧组拍摄到深夜,男孩的母亲听了儿子流利背诵的求婚台词眼泪汪汪,她感慨一辈子好像不曾有人对她这么说过,真是浪漫!那时候我为了生存几乎什么都写,也见了太多各种原因结婚的男女,大概是因为写了太多本应属于我另一半的蜜语,到了我面对一个姑娘时,反而常常一句话也说不出写不出,我把最好的句子都给了别人。我想,如果有一天,需要面对一个真心喜欢的人说些什么,我大概只能笨拙地看着她,说毫无技术含量的"我想和你在一起"。除此之外,我不再有能力说出别的,我大概率会像个傻子一样手足无措。但我很感谢那个时候的自己,那个被生活摧残过的自己,那个常常因下雨睡在公司茶室的自己,那个几乎活得无所不能的自己。那时说句什么都能骗过自己,如今来看,骗自己这件事实在太难了。

2014年,我经亲戚的介绍进入北京一家事业单位做编辑。习惯了自由散漫的生活,突然在刻板严肃的环境中度过枯燥的每一天,我有些措手不及,经常在开会的时候打盹,经常在下班的闹钟响起的时候第一个冲出单位，完全不顾其他同事继续加班的忙碌与白眼。有一次领导安排给另外一个单位的领导送一个文件，抵达之后，还要等待他批示之后再拿回来交差。那天晚上，我坐在返回的公交车上，想着是否我今后都要如此下去，感到十分沮丧，一想到将来十年如一日都将是这样重复机械刻板蒙混的生活，就会吓出一身冷汗，难过得不能自已。我的理想，我的追求，似乎早晚都将在苍白的工作中消失殆尽。于是没过多久，在我察觉领导对我意见很大的时候，我主动提交了辞职书。与此同时，我也在邮箱中迎来了人生中可说出的惊喜之一——收到盼望已久的某电视剧剧组的回信：

亲爱的丁浩先生，你的简历我们已审阅，觉得您十分适合做我们新戏的编剧，务必请您抽出宝贵的时间来参加最后的面试，也期待未来国内电视剧编剧队伍里有您的一席之地，期待着与您合作！期待着您给的惊喜！

盼回复！